KB183765

# 천칠백오십 그램의 행복

# 천칠백오십 그램의 행복

초판 발행일 2024년 12월 27일

지은이 **이장숙**
발행인 **김미희**
펴낸곳 **몽트**

**출판등록** 2012.12.20 제 2014-0000-38호

**주소** 안산시 상록구 화랑로 513 2층 24호
**전화** 031-501-2322 **팩스** 031-501-2321
**메일** memento33@menthebooks.com

값 15,000원
ISBN 978-89-6989-1075 03810

# 천칠백오십 그램의 행복

이장숙 산문집

봉트

「 목 차 」

## PART 1



## PART 2

## PART 3

## PART 4

# PART_1

# 네가 내게 온 날

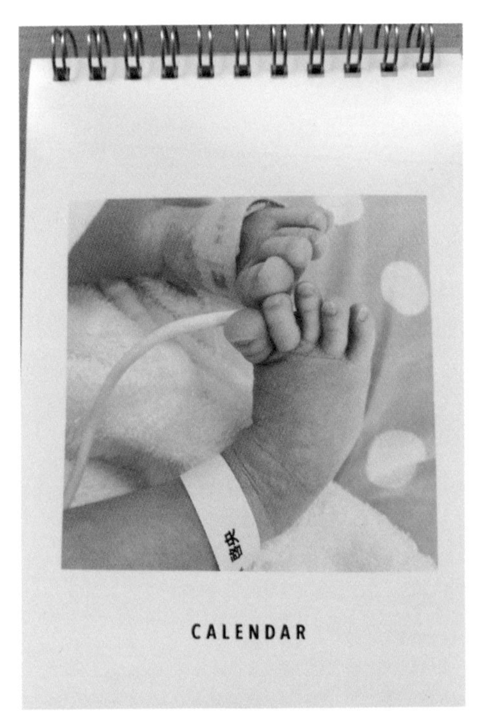


내 생애

가장

아름답고 귀한 선물

## 눈사람, 입 열다

첫 눈 오면
내 보러 오꾸마던
그 약속 다 들었다 아이가
날은 저물라카는데
진즉 안 오고 뭐하노

# 가을 편지

떨리는 손 내밀면
울컥 솟구치는 그리움

더는 다가갈 수 없어
손끝에 번지는 외로움

# 설렘

너와
함께라서 행복해

지금
이 순간

# 운수 좋은 날

먼지 낀 창틀에

구멍 난 인생일지라도

가끔은 걸리는 게 있어

그렇게

견디며 사는 거야

* 영등포 디카시 공모전 장려상 수상

# 언제까지나

꽃잎 한 장
붉어졌다 떨어져도

가슴 뻐근하던 아픔안고
저문 길 가더라도

# 파란 우체통

문득

창 밖을 보다

공연스레 화안한 마음

너에게

편지를 쓴다

# 그리움

너와 머물던 풍경

걸어두고 지새운 밤

부시시 깨어보니

나를 흔드는 미소

창을 스치는 바람이었어

# 아무 말 하지 않았다

마음 벗고
세상 벗고
그리움만 두고 갈
내 사랑의 깊이
전할 수 없기에

# 그 날

얼어붙은 마음
다독여 주던
여린 손끝의 울림

너는 나의
쉼표였다

# 꿈은 이루어진다

바람 속을 달려가던
어린 날의 꿈

나는 찾았네
억 만 개 별리 쏟아지는 행복

# 지금도 그리운

바꿀 수 없는 것에

집착하지 말고

눈앞에 있는

바꿀 수 있는 것을 바로보라

방황하던 사춘기 시절

은사님의 말 한마디

## 이제는

이 악물고 움켜쥔 손
펴야 할 때다

담아두고 곪아버린 일
질끈 눈 감고
갈무리해야 할 때다

## 황홀

누가
먹빛 가슴
붉게 물들였을까

무심히 지나쳤을 해거름의
어지러운 꿈처럼

# 사랑한다는 것은

차마 눈 못 뜨고
타오른 불꽃이었다

울지 않으려고
온 몸으로 낸 물길이었다

# 너는 나의 기쁨

먹먹하고

길이 보이지 않을 때

마음 창 열면

귀 열고 미소짓는

너의 얼굴이 보여

# 당신은 안녕한가요?

그대 떠나고
숭숭 뚫린 가슴

스치듯 바람처럼
못다한 말
창가에 서성이는데

# 나도 너처럼

별들이
뒤척이는 시간

노을이 풍덩
물속에 뛰어드는
해질 무렵이 나는 좋아

## 버스를 기다리며

처마 끝 풍경소리
들마루에 대자로 누워
별을 세다 잠들고 싶어

영영 버스가
오지 말았으면

# 가을의 기도

바람 끝 서성이며

여문 입술로 사랑하게 하소서

차오른 꿈 소리없이 깊어져

세상에서 가장 가벼운

춤이 되게 하소서

# 왕버들, 고요에 들다

거슬러 오르는 물비늘에도
여여히 흐르는 실핏줄 있어
천년을 헤아려 굽은 손등
눌러 쟁인 속주름 헹군다

* 문화도시 홍성디카시 공모전 은상 수상

## 그리움, 시화에 스며들다

황홀하게 펼쳐진 하늘 길 따라
고운 님 언제 오실까
여울지는 황금빛 실타래
길 없는 허공에 낚싯대 드리우니
가는 줄 휘감아 사무치는 그리움이여

* 시흥 에코센터 디카시 공모전 대상 수상

# 하늘만큼 땅만큼

고맙다

사랑한다

이 세상 끝날 때까지

# PART_2

# 구월의 마지막 밤

영등포 다카시 시상식은 성황리에 치러졌다. 감미로운 색소폰 연주는 가을의 정취를 더하고, 떨어진 나뭇잎 위로 지나가는 바람처럼 감성적이었다. 다음은 시낭송, 맑고 고운 목소리로 정약용의 시<유배지에서 보내는 글>을 낭송했다. 이어서 여성 무용단의 부채춤이 한껏 달아오른 식장 분위기를 끌어올렸다. 마지막으로 낭송한 시는 마종기의 <우화의 강>, 머리에 화관을 쓰고 연둣빛 드레스를 입은 낭송가의 목소리는 곱고 아름다웠다. 오래 전 우연히 집어든 마종기 시집을 가까이 두고 가끔 읽곤 했는데, 여기서 다시 들으니 더욱 새롭게 시 한 구절이 떠올랐다.

넘치지도 마르지도 않는 수려한 강물이 흔할 수야 없겠지
아무려면 큰 강이 아무 의미도 없이 흐르고 있으랴
세상에서 사람을 만나 오래 좋아하는 것이
죽고 사는 일처럼 쉽고 가벼울 수 있으랴

시상식을 마치고 남산으로 향했다. 케이블카를 타려고 줄을 섰다. 시골 촌놈이 서울에 구경 와서 두리번거리듯, 어리버리한 얼굴로 사람들로 북적이는 긴 줄을 따라갔다. 꼬불꼬불 이어지는 줄에 서있는 사람들 대부분이 관광객이나 외국인이었다. 마치 외국의 낯선 공항에 선 듯 어색함과 설렘으로 사람들의 표정을 바라보았다. 귀로 들리는 외국어를 알아들을 순 없어도 리듬과 멜로디를 가진 음악처럼 들리는 건 밝고 경쾌한 목소리의 흐름 때문이리라. 젊은 시절, 연인들의 데이트 코스였던 남산을 자주 가진 않았지만 케이블카는 처음이다. 그렇다 해도 5분 타려고 한 시간을 넘게 기다려 이 고생을 하는가 싶어 흘러가는 시간이 아깝기도 하지만, 눈은 저만치 흔들리는 나뭇잎을 쫓고 있다. '그래, 시간을 재지 말고 그냥 버리자. 오늘 하루만이라도 다 잊어버려. 그냥 즐기면 되잖아.'

케이블카에서 내려 가파른 계단을 오르니 우뚝 솟은 남산타워가 나를 반긴다. 홀로 선 우직함에 바람도 비껴가는 남산타워를 본 게 얼마만인가. 이 아름다운 야경을 본 게 언제인지 까마득하다. 가족끼리, 친구끼리, 연인끼리, 풍경을 담으려고 셔터를 눌러대는 모습, 포즈 잡기에 열중하는 사람들은 아름다웠다. 잊고 있었던, 지워진 줄 알았던 지난날의 상처, 슬픔, 두려움도 잠시 시원한 바람이 소리 없이 허물고 지나간다. 넘치는 것과 모자란 것 사이에서 조바심 내며 지나온 길, 비록 아픔이 많았던 시절을 지나왔지만 등 떠밀려 온 건 아니었다. 이리저리 치대며 막다른길 돌아 나온 그 때, 볼품없는 나를 미워하고 원망하면서도 나를 버리지 못하고 마는, 참 슬픈 짐승이었다. 비슬거리며 걸어가던 내 몸속에 아직 자라지 못한 꿈, 두 팔 벌려 안고 싶었던 푸른 꿈이 있었다. 가까이서 손짓하는 갈망과 막연한 두려움 사이에서 빨리 어른이 되고 싶었던 철부지가, 넘어지면서 다시 일어나 걸어온 길이다.

연신 폰 카메라의 셔터를 눌러대지만, 이걸 다 어떻게 담을 수 있을까. 이 벅찬 느낌과 감동을, 마주보고 포옹하는 사랑스런 눈빛을, 바람에 흩날리는 머리카락, 별처럼 반짝이는 눈동자, 울고 웃고 사랑하고 헤어지고, 수많은 사연을 지켜본 나무의 눈꺼풀을 카메라 렌즈에 담기는 역부족이다.

지하철을 타려고 가던 중 거리에서 펼쳐진 버스킹 공연에 잠시 발길을 멈추었다. 빙 둘러앉아 기타연주에 맞춰 가볍게 몸을 흔드는 사람들 중 한 여자가 <원더플 투나잇>을 신청했다.

네 눈 속에 사랑의 빛이 보여요

그 모든 것의 경이로움

오 내 사랑, 오늘밤 당신은 정말 멋져요

더 나은 내일은 천천히 오리라. 오늘은 내 생의 최고의 날이었어.

# 모퉁이집

마트에 갔다. 처분 가격 천구백오십원. 진열대 한 구석에 붙어있는 가격표에 눈이 번쩍 뜨인다. 이게 웬 떡이냐 싶어 얼른 세봉을 집어 들었다. 남은 한 봉도 눈에 밟히지만 다른 사람도 먹어봐야지 하며 등을 돌렸다. 언젠가 황태구이를 먹으러 동네 식당에 간 적이 있다. 백신을 안 맞으면 두 사람만 같이 앉을 수 있다며 눈을 부라리는 주인장 엄포에 백신을 안 맞은 우리 세 식구는 컵에 입술만 축이고 쫓겨났다. 훅 달려드는 헛웃음에 황태구이는 한동안 잊고 지냈다.

번거롭지만 한 번 만들어 보자 해서 앞치마를 둘렀다. 손절구, 기름 붓, 큰 쟁반 등 평소 잘 쓰지 않는 주방기구가 조리대를 채우고 식탁 위에까지 늘어섰다. 나란히 누워있는 황태 두 마리에 들기름을 바르고 있자니 어디선가 흥얼대는 가락이 귓전을 간질인다.

밤늦게 시를 쓰다가 쇠주를 마실 때 카~

그의 시가 되어도 좋다

그의 안주가 되어도 좋다

짝짝 찢어져서 내 몸은 없어질지라도

내 이름만 남아 있으리라 <명태>

이젠 화석이 되어버린 추억 속의 서랍 하나 쓱 열린다. 마로니에 거리, 허름한 골목길을 돌면 <모퉁이집>이 있었다. 수업이 끝나면 누가 먼저랄 것도 없이 그 곳에 모였다. 기다란 식탁에 빙 둘러앉아 술잔을 나누던 문우들, 가물거리는 얼굴사이로 짱, 소주잔 부딪치는 소리가 생생하다. 무엇을 바라 글쓰기에 뛰어든 걸까, 여기까지 흘러온 사연이며, 저마다 지고 온 삶의 무게는 달라도 가슴은 뜨거웠다. 지나온 생의 껍질이 한 꺼풀 벗겨지며 내뱉는 외마디 소리와 책에서 걸어 나온 이들의 고뇌는 정지된 시간에 빼곡히 들어찼다. 살림에서나 글쓰기에서나 풋내기였던 나는 귀를 쫑긋 세우고 이야기에 빠져들었다. 호기심에 발을 들인 나와 달리 일터에서, 사무실에서 짬짬이 글 쓰고 책 읽으며 꿈을 키우는 직장인이 대부분이었다.

"제군들, 바람이 되어라. 게으른 지성을 흔들어 깨워라." 상위에 오른 안주는 거의 젓가락도 대지 않고 강술을 마시는 노교수는 언제나 우리들 가슴을 뛰게 했다. 졸고 있던 형광등이 하품을 하면 하나 둘 자리를 털고 일어섰다. 못내 아쉬운 발걸음 돌리지 못한 이야기꾼들이 노천주점으로 몰려가고, 한껏 치대고 부풀어 오른 말들이 술잔에, 끈적이는 테이블에 뒹굴었다. 문득 고개 들어 올려다 본 하늘, 검게 빛나는 우듬지 사이로 길게 누운 전선줄 따라 칠월의 훈풍이 지나갔다.

문예 대학 단기 과정을 마치고 더는 모퉁이집을 찾지 않았다. 내겐 당장 코앞에 닥친 어려움, 육아, 생활비, 아이들 교육비 등 현실적인 문제로 가득했다. 뒤엉킨 아픔과 두려움을 원고지에 써낼 자신이 없었고, 알맞은 재료를 구했다 해도 양념에 재고 숙성시키는 일, 잘 버무려 그릇에 담아내는 일은 엄두도 내지 못했다. 자석에 끌리듯 다시 일터에서 집으로, 두 아이의 엄마로 돌아왔다.

"온 몸을 던질 수 있는가? 자네들, 글쓰기 위해 모든 걸 버릴 수 있나?"

껄끄러운 입안을 소주로 헹궈내던 그 때 노교수의 말이, 깊이 잠든 무의식의 동공을 깨워라 꾸짖는다. 나에게 글쓰기는 무엇일까 곰곰 생각하며 잘근잘근 오물오물… 황태 껍질을 벗겨 찬물에 헹궜다. 온 몸에 기름을 바르고 바삭 구워지고 나면, 다시 시뻘건 양념을 뒤집어쓰고 뒤척이다가, 마침내 접시에 오르는 황태. 찬바람 갈피마다 제 몸 얼렸다 녹여낸 그 아찔한 시간이 한 입 가득 씹힌다.

# 능소화피는 언덕

"영화처럼 살고 싶어," 배시시 웃으면 보조개가 들어가는 친구였다. 말이 귓가에 맴돈다. 커튼 뒤에 숨어 슬쩍 엿본 세상 어디쯤이었을까. 바람 불면 후욱 날아가는 민들레 씨앗처럼, 돌 틈 비집고 올라온 질긴 생명처럼, 또 여름을 지나고 있었다.

어디에도 마음 둘 곳 없어 방황하던 사춘기 시절, 우린 줄곧 그림자처럼 붙어 다녔다. 큰 길을 두고 친구와 내가 사는 곳이 갈라졌다. 기와집, 다세대주택, 함석지붕이 오밀조밀 처마를 기대고 산허리를 깎아 들어선 동네였다. 가파른 언덕을 따라 턱까지 숨이 차오르면 능소화가 흐드러지게 핀 파란 대문이 나오고, 옆길로 들어서는 골목 끝에 친구의 집이 있었다. 한낮의 땡볕을 피해 그늘에 엎드린 고양이, 땜질한 슬레이트 지붕위로 파란 하늘에 구름 한 점 걸려 있었다. 칠이 벗겨진 대문을 열면 풀 한 포기 없이 시멘트를 덮어쓴 마당을 지나 안채에 들어섰다. 인기척에 문 여는 소리가 들리고 푸석한 얼굴의 친구 아버지는 골방 담배를 태우다 얼른 문고리를 잡아당겼다.

방과 후 해질녘 까지 쏘다니며 뻔질나게 드나들던 그린하우스

제과점. 이대 정문 앞에 있는 빵집 이층은 몇 시간이고 죽치고 앉아 시간을 때우던 우리의 아지트였다. 참고서며, 공책이며, 자습비 등 온갖 명목으로 타낸 용돈으로 실컷 노닥거리다 나오면 마음의 빈 구석이 채워졌다. 골목어귀 리어카에서 풍기는 기름 냄새에 끌려 고구마튀김, 오징어튀김을 먹고 나면 주머니가 홀쭉해졌다. 용돈이 궁한 날은 여기저기 상점을 기웃거리며 사람구경을 했다. 가끔 멀리까지 걷기도 했다. 대낮에도 소름이 오싹 끼치는 컴컴한 굴다리를 달음박질하여 신촌을 지나 양화대교를 건넜다. 늘어진 테이프처럼 굼뜨게 가는 세월, 어디론가 훌쩍 떠나고 싶어도 발이 묶인 내 처지가 원망스러웠다. 진정 가슴으로 받아들일 수 없는 걸 강요하는 어른들의 이기심은 무뎌질 때쯤 다시 고개를 들었다. 아버지의 잦은 외도로 속이 꺼멓게 문드러진 어머니, "사내가 열 계집 거느리면 어떠냐. 처자식 굶기지 않고 조강지처 버리지 않으면 됐지" 하며 어깃장 놓는 할머니. "탈출하고 싶어. 집이 정말 싫어." 시근대는 어깨를 감싸주던 친구였다.

친구는 막일로 벌이가 시원찮은 아버지, 변변한 직업도 없이 겉도는 오빠가 못마땅하고 두려웠다. 파출부로 일하는 엄마와 언니가 벌어오는 돈으로 꾸려가는 궁색한 살림이었다. 오빠는 이따금 집에 오는 언니에게 그 일 당장 집어치우라며 손찌검을 했다. 온몸으로 가난을 끌어안았던 친구의 언니는, 우리 집 문간방에 세 들어 사는 여자를 생각나게 했다. 병든 홀어머니의 약값, 남동생의 학비를 벌어야 하는 여자가 밤새 일하고 새벽에 돌아오면, 내 어머닌 연탄불을 갈아주거나 밑반찬을 슬며시 부뚜막에 놓아두는 일로 그녀의 등을 다독였다.

그 시절, 가난은 소리 없이 무너뜨렸다. 때로 거역할 수 없는 운명으로 다가와 비애로 전락시켰다. 암울한 현실에 순응하는 게 나약함이 아니란 걸, 생존의 허덕임에서 스스로 끌어내린 신념과 은밀히 키워 온 꿈을 가슴에 묻고 제 몸을 태우는 게 무엇인지 그땐 알지 못했다. 조여드는 올무처럼 자신도 어쩌지 못하는 시대의 우울과 체념이 있다는 걸 어렴풋이 짐작하던 나이였다.

갓 스물을 넘기고 맞은 여름, 한동안 소식이 뜸하던 친구에게서 연락이 왔다. 조금 수척해진 볼에 환하게 웃는 친구를 쫄레쫄레 따라갔다. 현관에 들어서자 얼핏 보기에도 근사한 가전제품, 침대가 눈에 들어왔다. "와~이게 다 뭐야?" 친구는 멋쩍게 어깨를 들어올렸다. 테이블에 죽 늘어선 깡통과 가공식품은 알록달록 꼬부랑글씨였다. "어제 엄마네 다녀왔어." 보따리를 전해주고 나오는 딸의 등 뒤에서 눈시울이 붉어졌을 친구의 어머니가 떠올랐다. 거리로 나와 작은 식당에 들어섰다. 그때 처음 먹어본 스파게티, 고소하고 부드러운 크림과 해물이 어우러진 그 맛에 와인을 곁들이니 들뜬 하루가 쉬 저물었다. 언제부터였을까. 가늠할 수 없는 깊이로 길을 내고 있는 친구의 존재가 낯설게 다가왔다. 그렇듯 다른 시간을 살았던 우린 이십대를 지나는 동안 허기진 사랑을 하고, 고단한 일상과 날 세운 경쟁에 길들여졌다. 내 안의 구지레함을 곁눈질하듯 절름거리며 생의 한 모서리를 지났다.

테 두른 접시에 스파게티를 담고 파마산 치즈를 뿌렸다. 면에 감기는 바질향이 상큼하다. 해묵은 기억 속에 둥글게 감아올린 머릿결 고운 친구가 앉아 있다. 시간이 흘러도 퇴색되지 않는 도시의 밤, 그 어둠 끝자락 붉은 머리채 흔들며 능소화는 가녀린 꽃대를 밀어 올린다.

# 나의 산티아고

신발 끈을 고쳐 맸다. 발가락에 닿는 공간이 단단해진다. 잰 걸음으로 서둘렀지만 버스를 놓치고 말았다. 도로를 달구는 한 낮의 끈적임이 맨살에 달라붙는다. 오지 않는 버스를 기다리며 동동거리던 그 때, 난 폭풍 속을 걷고 있었다.

"다음 주에 산티아고에 갈 거야. 두 달 여정으로."

"산티아고?" 짐짓 태연한 척 다시 물었다."가서 마음을 정리하고 오려구." 말끝이 떨리는 듯 언니의 목소리가 눅어졌다. 결혼 사십주년을 맞아 가는 여행이라며 가쁜 숨을 몰아쉬며 달려온 삶에 뭔가 변화가 있으리라는 말을 던졌다. 오래 전에 본 영화 <산티아고 가는 길>이 생각났다. 프랑스 피레네 산맥에서부터 스페인 북서쪽 해안에 있는 산티아고 데 콤포스텔라까지. 수천 킬로미터가 넘는 순례길에서 폭풍우에 휘말려 죽은 아들, 뜻밖의 소식을 듣고 그 곳으로 날아간 아버지는 아들이 걸었던 길을 걷는다. 똑똑하고 고집 세고 아버지 속을 긁어대는, 아들이 걷고 싶었던 길 위에서 자신이 미처 알지 못했던 과거의 흔적을 보고 미래를 함께 걷는다.

나의 첫 여행은 예기치 않은 일로 어긋났다. 결혼식을 앞두고 아버지가 교통사고를 냈다. 피해자는 어린애였고 가벼운 어깨 골절로 열흘간 입원하고 퇴원할 만큼 회복이 빨랐다. 하지만 아이 부모가 후유증 운운하며 합의를 차일피일 미뤘다. 운전자가 들어야 할 보험을 가입하지 않은 게 큰 약점이었다. 운전은 나만 잘 하면 되지. 왜 아깝게 보험회사 먹여 살리냐며 큰소리치던 아버지였다. 피해자 부모는 그 당시 집 한 채 살 정도의 큰돈을 요구하며 질질 끌었다. 파렴치하고 야비한 수작에 혀를 내두르면서 밀고 당기는 협상 끝에 매듭을 지었지만, 대가를 톡톡히 치러야 했다. 서대문 구치소에 한 달 동안 수감된 아버지를, 변호사 물색하고 사식 넣어주고 병원 가서 머리 숙이는 온갖 궂은일을 도맡아한 건 둘째 형부였다. 자연히 결혼식은 이듬해 삼월로 미뤄졌다. 그 사이 또 하나의 변수가 생겨, 임신한 몸으로 먼 여행을 삼가라는 의사의 권고에 따라 제주도일정을 부산, 경주로 바꿔야했다.

그렇게 첫 비행기를 놓쳤다. 그로부터 비행기 탈 일이 생기면 집 안팎으로 갈 수 없는 일이 생기곤 했다. 맞벌이하느라 빠듯한 살림, 아이들 졸업하면, 여유가 생기면 하는 식으로 떠나지 못할 구실은 많았지만 정작 내 발목을 잡는 것은 다른 데 있었다. 언제부턴가 아내로 엄마로 살아가는 역할이 버겁고 심드렁해져, 왜 이토록 치열하게 사는가 의문이 들기 시작했다. 주변을 서성거릴 뿐 딱히 드러내고 말할만한 이유도 없었다. 그저 혼자이고 싶었다. 익숙해져버린 공간을 벗어던지고 싶어 무작정 집을 나섰다. 덜컹거리는 기차에 몸을 싣고 부스스 깨어보니 부산역, 거센 바람이 거리를 가로질렀다. 큰언니를 만났던 그 날처럼. 너도 이제 컸으니 세상구경 좀 해봐, 쭈뼛거리는 나를 끌고 언니는 지하로 내려갔다. 출입구에서 작은 실랑이가 있었지만 언니의 재치로 미성년자인 내가 들어간 곳은 호텔 나이트클럽이었다. 무대에서 열창하는 가수 조용필을 처음 본 나는 분위기에 압도되었고 들뜬 나머지 밤새 객쩍은 혈기를 쏟아 부었다. 다음날 아침. 속쓰림, 두통, 종아리의 쥐만 아니었다면 좋았을.

숙소를 나와 해안을 걸었다. 뿌연 안개가 피어오르는 새벽의 해운대는 스산했다. 큰언니와의 짧았던 만남이 밀물처럼 발목을 적시고 발이 푹푹 빠지는 모래사장, 언니와 걸었던 시간위에 내 발자국이 찍혔다. 밀고 온 시간만큼이나 부표처럼 떠다니는, 진정 내가 가고 싶은 곳은 바다도 부산도 아니었다. 나는 자신을 잃어갔다. 잃어버린 나를 찾아 간 곳에서 다시 놓쳤다. 바람을 안고 비척대는 신발 끈에 매달려 따라온 불안이 혼자일 때의 외로움과는 다른, 내 몸 겹겹이 들어찬 울먹임이 한꺼번에 터져 나왔다. 한참을 그러고 있었는지, 끼룩대며 날아가는 갈매기 소리에 고개를 들었다. 늘 그렇듯 습관처럼 자신을 고립시키고 만나는 사람을 잃었다. 가족이든 친구이든. 속도에 치이고 혼자인 것에 길들여져 다가오는 인연을 매정하게 돌려세운 일. 덥석 잡았던 손을 내치고 난 후의 허탈감. 머리카락 추켜올리며 걸어온 생의 흔적들, 파도가 밀려와 발자국을 지웠다.

산다는 건 어쩌면, 지우고 지워지며 가야하는 그 절박함이 아닐까. 모로 누운 해안선은 아득하고 바다는 잠잠할 뿐 파도는 늘 거기에 있었다. 발이 빠지는 휘청거림도, 때 없이 얼씬대는 조바심과 목마름도 부둥켜안고 가야할 나의 일부인 것을. 떨쳐 내야할 그 무엇이 아닌 세상을 살아가는 스스로의 힘이었다. 길이 보이지 않아 넋 놓고 있는 나를 일으켜 세운 그 날처럼. 놓쳐서는 안 될 것이 무엇인지, 어떻게 사랑해야 하는지를 버스를 놓치고서야 알아채는 나의 산티아고는 지금 어디쯤일까. 신발 끈을 조금 느슨하게 풀었다.

# 이끼

비가 머츰해졌다. 양동이로 퍼붓듯 쏟아지던 장맛비가 잠시 주춤거린다. 눅진한 공기가 스며들어 몸이 무겁다. 주섬주섬 옷을 갈아입고 산에 올랐다. 계곡을 타고 흐르는 물줄기가 제법 거세다. 속살을 드러내지 않은 듯 안개가 내려앉은 산길은 호젓하다. 고개를 돌려 허둥지둥 달아나는 생각을 쫓느라 자꾸 걸음이 느려진다.

봄 햇살에 데워진 나이테를 밀어올리듯 내 존재의 뿌리까지 흔들어 댈 사랑이라면 모든 걸 버리겠다는 각오였다. 아버지의 불호령과 가족들의 반대, 숱한 어려움과 고비를 넘고 나서야 우리는 하나가 되었다. 빛이 들어오지 않는 단칸방에서 소꿉놀이하듯 어설픈 살림살이었지만 콩나물 값이 얼마인지 가계부에 적는 일도 재밌고 신기했다. 바닥을 긁고 나서야 얼굴을 돌리는 가난이라 말할 때 코웃음치던 나였다. 사랑만 있으면 빵만 먹어도 좋다는 소설 나부랭이에 심취해 있었던가, 그 환상이 깨지기 시작한 건 아이가 태어나면서였다. 아이가 자라며 토실토실 살이 오를 때 환상도 한 꺼풀씩 벗겨졌다. 유모차를 끌고 과수원 길을 걸으며 아이에게 들려주었던 이야기들, 그래도 엄만 시골에서 살 거야. 이까

짓 가난쯤 얼마든지 이겨낼 수 있어, 다짐하고 또 다짐했다. 첫애가 유치원에 들어가고 둘째가 태어날 즈음 살림은 더 궁핍해졌다. 이제 유치원도 보낼 수 없을 만큼 형편이 기울었을 때 맞벌이를 결심했다.

후드둑 떨어지는 빗방울 소리에 고개를 들었다. 나무 둥치의 뼈들은 선명해지고 낮게 웅크린 가지사이로 바람이 지나간다. 뜨겁던 여름날의 사연을 떨구느라 잎들은 연신 어깨를 들썩인다. 맞벌이 하느라 다시 서울로 이사 오고 매일 긴장의 나날이었다. 결혼 전, 직장경험이 별로 없는 내게 사회가 요구하는 덕목은 까칠했다. 깨지고 무뎌지는 일상을 견디며 오기와 경쟁심으로 질책과 시기심으로 전쟁터 같은 그곳에서 살아남기 위해 발버둥쳤다. 흔들리는 전철 안에서 무거운 가방을 들고 집으로 돌아올 때, 왠지 모를 슬픔이 발등에 내려앉았다. 거대한 요새처럼 제도와 관습에 맞물려 돌아가는 사회에서 나는 톱니바퀴의 한 부속품이었다. 톱니가 낡으면 언제든 새것으로 교체되고 낡은 부속은 창고에 처박히거나 곧 잊어진다. 얻은 만큼 잃는다고 했다. 해를 거듭하면서 몸이 신호를 보냈지만, 벽에 핀 곰팡이는 닦아내고 다시 칠하면 그뿐이었다.

빗방울이 굵어졌다. 바지에 흙탕물이 튀어 점벙거린다. 벌어진 틈으로 비가 새어들고, 우산을 썼지만 들이치는 비로 이미 몸의 반은 젖었다. 살면서 느닷없이 소나기를 만난 적이 어디 이 번 뿐인가. 허리디스크, 어깨 결림, 퇴행성 관절염, 편두통 등 셀 수 없이 많은 통증이 몸을 훑고 지나갔다. 천천히 집요하게. 그즈음 난 불공평한 세상살이에 넌덜머리가 날 지경이었고, 허리통증이 가시지 않은 상태에서 무릎까지 아파 절룩거리고 다녔다. 몸이 아플 때 올라오는 투정이나 성냄을 받아주는 건 남편 몫이었다. 남들은 아내가 아프면 병원에 가보라고 하는데 남편을 책을 보라고 디밀었다. '두고 보라지. 나중에 당신 아프면 배로 갚아줄 테니까.' 속에서 치미는 서운함에 툴툴거리면서도 꾸역꾸역 책을 읽어냈다. 머리에서 발끝까지 꼬리를 물고 이어지는 아픔으로 책상위엔 통증 관련 서적이 수북이 쌓여갔다. 차츰 통증의 주원인은 바이러스나 유전이 아닌 심리적 긴장이란 걸 알게 되었다. 통증의 중심을 꽉 틀어쥐고 있는 분노와 두려움을 보았다. 조급한 성격, 습관, 태도가 선택한 그 순간이 모여 오늘의 나를 만들었다. 모든 생각과 감정을 스스로 몸에 새기는 건 자신이란 걸 건강을 잃고 나서야 알았다. 오랜 망설임과 두려움 끝에 한 발 내딛는 나를 알아가는 과정은 서럽고 눈물겨웠다.

걸음이 빨라졌다. 가지를 뻗던 상념이 호흡에 모아진다. 웅덩이를 지나 오솔길로 접어들자 빗속을 뚫고 움직이는 또 하나의 생명을 만났다. 몸집이 큰 두꺼비였다. 세찬 빗줄기에도 태연한 걸음걸이는 한적한 산사에서 은자를 만난 듯 숙연해진다. 홀연 어디선가 들려오는 "젖어라. 흠뻑 젖어라." 화두 같은 말 한마디 던지고 두꺼비는 덤불숲으로 사라진다. 한참을 그 자리에 서 있었다.

잔가지가 꺾이고 흙바닥에 뒹구는 젖은 잎들 주위로 부식토가 수북하다. 내 생의 시간들도 저렇듯 차곡차곡 쌓여 가리라. 골이 파인 상처를 드러내고 물기를 머금은 채 나무들은 꿋꿋하고 담담하다. 쓰러진 나무에 몸을 기댄, 내리꽂는 물숨을 인 이끼가 눈에 들어왔다. 맹물 같은 시간을 살아가는 내게 말을 건넨다. 삶이 여기까지 온 것은 나의 선택이었다. 수많은 갈등과 성마름, 절망과 망설임으로 혼자 온 게 아니었다. 고개 숙인 채 둥글게 말아 쥐던 설움, 스쳐간 발이 촉촉하다. 제 몸에 심지 돋우고 목마른 생을 갈아치운 이끼처럼.

## 바퀴

자전거가 넘어졌다. 화단에 처박혀 엉덩이를 털어내고 두리번거리는데 보는 이가 없어도 스스로 부끄러움에 낯이 붉어졌다. 벌써 두 달로 접어드는데 자전거는 낯설기만 했다.

"당신도 한 번 배워보지 그래."지나가는 말로 툭 던진 그 말에 왠지 마음이 움직였다."좋아요. 나갑시다." 돌연한 반응에 놀라 고개를 갸우뚱하는 남편이 "내일부터 시작하지." "내일이면 마음이 바뀔지도 몰라요. 지금 당장 시작해요." 놀이터 옆 경사진 언덕으로 올라갔다. 넘어져도 무릎이 다치지 않게 페달을 떼어냈다. 안장에 올라앉는 것도 쉽지 않아 남편이 시범을 보이고 따라하는 식이었다. "넘어지지 않으려고 애쓰지 말고 흐름에 몸을 맡겨." 머리는 이해해도 몸이 따라주지 않았다. 워낙 운동신경이 둔해빠진 나로선 피구할 때도 공 맞고 제일 먼저 나가떨어지는 아이였다. 며칠 동안 경사면을 내려가는 연습만 하는데 일 미터도 못 가 서버렸다. 다리는 허공에 떠서 잔뜩 겁먹은 얼굴로 몸체가 큰 걸 타느라 팔이 아프다며 괜한 투정을 부렸다.

"그 나이에 자전거는 배워서 뭐 하게?" 주위에선 부러움과 곱지 않은 시선이 엇갈렸다. 여의도, 안양천, 행주산성. 남편과 아이들이 자전거로 나들이 갈 때 집에 혼자 남았던 건 두려움 때문이었다. 자전거가 귀해 어른 자전거를 빌려 타던 시절, 우린 동네에서 제법 먼 학교운동장으로 갔다. 막내삼촌이 뒤에서 잡아주고 언니들은 번갈아 자전거를 배웠다. 그러다 겨우 혼자 탈 수 있게 된 둘째 언니가 아슬아슬 뒤뚱거리더니 자전거와 함께 흙바닥에 처박혔다. 뺨에서 턱 언저리로 깊은 상처가 아물기까지 언니는 여름내내 붕대를 감고 다녀야 했고, 겁이 많은 난 그 날 이후 자전거 근처엔 얼씬도 하지 않았다.

정작 나를 넘어뜨린 건 자전거가 아니었다. 잘 나가던 직장을 그만두고 시작한 장사가 뜻대로 되지 않았다. 세상이 내 맘대로 굴러가지 않는다는 교훈을 얻었을 뿐 장사를  그만두고 얼마 후 병을 얻고 말았다. 몇 년째 이어지는 지병과 남편의 실직, 조여드는 생활고로 마음은 움츠러들고, 내가 할 수 있는 건 현실을 받아들임, 단지 그뿐이었다. 미래가 궁금하면서도 알게 될까봐 두려운 건 모든 계획이 멈추고 난 후의 일이다. 희망이 사라진 자리에 원망과 불평이 들풀처럼 자랐다. 삶의 가장자리로 밀려난 서러움이 북받치면 바람 부는 거리의 풍경이나 빗소리에도 콧등이 시큰했다. 주눅이 든 나날에 작은 변화를 가져온 게 자전거였다. 내 안에 선을 그어놓고 한 발 내밀지 못하는 두려움, 한계에 부딪칠 때마다 늘어놓는 변명에 딱지를 떼어내고 싶었다. 나도 할 수 있을까.

더 이상 묻지 않기로 했다. 한 가지 행동이 천 가지 생각보다 낫다는 선지식의 말처럼,

매일 넘어지는 연습을 했다. 자빠지고 부딪치고 처박히면서 끙끙대는 넋두리를 뚝심으로 눌렀다. 좀처럼 늘지 않는 실력에 식구들은 안타까워하면서 차라리 그만두라고 말렸다. 몸은 온통 시퍼런 멍과 긁힌 자국으로 보기에도 민망했다. '이런다고 내 삶이 달라질까. 자전거 타지 않고도 지금껏 잘 살았는데.' 때때로 얼씬대는 회의, 다툼에서 이기는 쪽이 조금씩 등을 밀었다. 그건 자전거를 타고 안타고의 문제가 아닌, 자신의 가능성에 대한 믿음이냐 포기냐의 절실함이었다.

어느 날 자전거에서 내려 건널목을 건너려고 할 때였다. 달리던 차가 웅덩이를 지나며 흙탕물이 튀어 아랫도리가 젖고 말았다. 놀람도 잠시 분을 삭이느라 씩씩대며 자전거를 끄는데, 흙탕물을 뒤집어쓰고도 말없이 굴러가는 바퀴를 보자 화를 내고 있는 자신에게 괜히 부아가 났다. 무엇 때문에 화를 내지? 어쩌면 내가 그동안 가족들에게 쏟아낸 게 이런 게 아닌가, 내 병만 크고 깊어 보여 구시렁대고 터무니없이 강짜를 부리거나, 변덕을 무기처럼 휘두르며 상처를 덧나게 하지 않았던가. 사는 게 팍팍하고 힘들다며 가슴에 콕 박히는 말로 꼬집어 비틀어대면서.

돌아보면 바퀴에 새겨진 흔적만큼이나 메꿎은 시간이었다. 더는 갈 수 없어 주저앉아 움죽거릴 때, 이따금 사는 게 심드렁하고 자신이 초라해질 때, 우울의 바큇살을 빼내고 선망과 기대로 갈아 끼운다. 안장에 올라타고 페달을 밟으면 희망도 함께 굴러간다. 굴러가다 보면 모난 상처도 늘키는 아픔도 잊어진다. 이따금 먼 길을 돌아 도서관으로 가는 길은 늘 설레었다. 낮은 담장에 기대어 핀 나팔꽃, 골목을 어슬렁대는 고양이, 보도블럭 틈에서 자란 풀꽃이 처음 보는 풍경처럼 가슴이 시원해졌다.

집에서 나와 열린 공간에 내맡길 때의 긴장감, 한낮의 땡볕을 달리고 후끈 달아오른 등을 그늘에서 쉴 때의 서늘함, 일상의 먼지를 툭툭 털어 낸 후의 시원함, 타성에 젖어 익숙한 길만 찾아다니던 내게 바퀴는 새로운 길을 열었다. 해를 등지고 달리는 내 앞에 또 다른 내가 달린다.

## 옥수라는 아이

일곱 살 무렵, 여름은 빨리 왔다. 가파른 언덕을 따라 구불구불 이어지는 골목길엔 아카시 나무가 우거졌다. 기역 자로 휘어진 담장을 끼고 우리 집 바로 옆에 젊은 부부가 살았다. 막노동과 파출부, 잡일로 생계를 이어가는 그들에게 딸이 둘 있었는데 큰애가 옥수였다. 나보다 서너 살 많은 옥수는 학교에 가지 않고 집 앞에서 놀거나 동네 주변을 어슬렁거리고 다녔다.

오후의 햇살이 담장을 데우면 아이들은 옹기종기 모여 공기놀이, 고무줄놀이, 딱지치기나 구슬치기를 하며 시간을 보냈다. 늘 혼자이거나 동생이 따라 다니는 옥수가 골목에 나타나면 아이들이 살금살금 뒤로 가서 깜짝 놀래키거나 돌멩이, 흙을 던졌다. 도망가는 그 애를 뒤쫓으며 사냥놀이 하듯 한 곳으로 몰아가면 마침내 막다른 길에 다다른 옥수가 겁에 질린 얼굴로 바닥에 쓰러졌다. 사지를 뒤틀며 입에서 거품이 나오기 시작하면, 헐레벌떡 뛰어온 동생이나 지나가던 행인이 나무젓가락이나 긴 막대를 잽싸게 이빨 사이로 밀어 넣었다. 어디선가 소식을 듣고 옥수 엄마가 달려왔다. 땀범벅이 되어 뒤틀린 손발을 주무르고 입 언저리를 닦아주며 "아이고~ 우리 불쌍한 옥수야." 딸애를 끌어안고 서러움에 목이 멘 흐느낌이었다. 모여든 사람들은 한마디씩 수군대다 이내 헤식은 얼굴로 돌아갔다. 말더듬이었던 옥수 엄마는 비오는 날, 일 없는 날 집안에 틀어박혀 술로 보내는 남편의 조롱과 폭행을 참아내며 고된 삶을 이어갔다.

시멘트 담 위에 얹은 유리조각처럼 때로 어떤 대가를 치르고서야 넘볼 수 있는 세상이 있었다. 간질에다 말더듬이였던 옥수가 짓궂은 사내아이들의 놀잇감이었던 것도 나름 일종의 의식 같은 게 아니었을까. 잔인하고 어리석은 방법으로 증명하고픈 풋내기들의 저열한 의식처럼. 밖에서 놀다 집에 가려면 그 집 앞을 지나쳐야 하는데 쪽문이 열려 있으면 잰걸음으로 뛰다시피 층계를 내려가 대문에 뛰어들었다. 가끔 대문 앞에서 옥수를 보면 내 앞에서 쓰러지면 어떻하지? 알 수 없는 불안이 일었다. 그래도 그 애가 가엾단 생각에 사탕을 건네주거나 싫증난 종이인형을 내밀면 큰 입을 벌리고 누런 이빨을 드러내며 웃었다. 촌스런 표정에 어정쩡하니 나도 덩달아 웃었지만, 그건 그 애가 좋아서가 아니라 당황스런 뒷걸음질이었다.

내가 안고 있는 혼란스럽고 침울한 가정사에 맞물려 허물지 못한 슬픔은, 어른이 된 후에도 좁고 가파르게 이어진 골목이 꿈에 보이곤 했다. 그 동네는 대부분 변소가 대문 밖에 있었다. 만약 볼일을 다보고 변소 문을 열라치면 그 골목을 지나치는 누군가의 어깨를 치곤했다. 내가 구멍가게에서 막걸리라도 사오는 날은 주전자에서 찰랑대는 막걸리를 쏟지 않으려고 손잡이를 꼭 쥐고 좁은 길을 빠져나가야 했다. 우리 집은 오빠가 있어 어려서부터 병치레가 잦고 죽을 고비를 몇 번 넘겼는데, 대가 끊어질까 염려하는 조바심으로 일 년에 한두 번은 무당을 불렀다. 새벽부터 고사떡 찌고 준비하랴 동동거리는 엄마가 막걸리 사오는 일을 내게 맡겼다. 굿판이 벌어지고 고막이 터질 듯 시끄러운 음향, 격렬한 춤으로 작두에 올라선 무당이 접신하는 동안, 깊이를 알 수 없는 공포가 범벅이 되어 호기심과 두려움으로 가득 채웠다. 누구의 간섭도 없이 어린 내가 막걸리에 취하고, 옥수네 집에 떡 쟁반을 들고 서슴없이 들어가는 날이었다. 어머닌 이따금 그 집에 심부름을 보냈다. 먹을거리나 밑반찬을 얹은 쟁반을 들고 대문 안으로 들어서면 좁은 툇마루에 방이 나란히 붙어 있었다. 동굴 같은 방 안에서 열린 문사이로 바라보는 눈동자는 가슴을 얼어붙게 했고 툇마루에 쟁반을 내려놓기가 무섭게 줄행랑을 치곤했다. 허리 병을 앓고 있는 옥수 아버지가 줄창 마셔대는 술로 삶의 비루함을 잊는 동안 공포에 떠는 건 아내와 자식들이었다. 가끔 흠신 얻어맞고 도망쳐 나온 그녀가 쥐어뜯긴 머리채를 묻고 우리 집 부엌에 웅크리고 있는 모습은 쫓기는 들짐승처럼 애처로웠다. 판자로 가리개를 한 뒤뜰 채마밭에서 멍하니 서있는 그녀의 퉁퉁 부운 얼굴엔 눈물이 그렁그렁했다.

옥수는 무엇을 꿈꾸었을까. 어눌하고 부자연스런 침묵은 아슬아슬 경계에 놓인 듯 위태롭기도, 때로 엿가락처럼 늘어지기거나 제멋대로였다. 이제 옥수를 연민이 아닌 성장을 멈춘 아이, 온전한 대상으로 들여다본다. 끝없이 공상에 젖던 그 시절, 처마 끝에 쪼그려 앉아 세던 푸른 잎, 구름 몇 점 걸어두고 눈이 시리게 쫓던 하늘, 온통 아카시 꽃무덤으로 기울던 그 시간을.

# 딸다방

그만둘 수 없었다. 야단맞고 돌아서면 이내 귀가 간질거렸다. 음악을 들을 수만 있다면 세상 부러울 게 없었던 그 시절, 한밤중 이불을 뒤집어쓰고 볼륨을 낮게 해서 라디오를 들었다. 가슴이 콩닥거리는 효과음, <밤을 잊은 그대에게>, <별이 빛나는 밤에> 심야방송을 들으며 언니와 내가 킥킥대고 소곤거리면 엄마가 방문을 두들기며 "그만 자야지."

우리가 눈치 채지 못하는 사이 시작된 일이었다. 어느 날 가족회의가 열리고 다방을 차리는데 간판 이름을 뭘로 하면 좋을까 하는 아버지의 말에 환호성을 질러대면서 고민에 빠졌다. 연필심에 침을 발라가며 각자 대여섯 가지를 적어냈다. 회의 결과 그 당시 인기절정이었던 TV드라마 <딸>을 모방해 상호를 정했다. 길 건너편에 있는 <여왕봉>다방처럼 뭔가 근사한 이름을 기대했던 우린 실망했지만 튀지 않는 독특함이 있어 모두 흔쾌히 받아들였다. 딸이 다섯인 우리 집에 이보다 좋은 상호는 없어보였다. 대학교를 끼고 있어 번화한 거리에다 입지조건이 좋아서인지 연일 사람들로 북적거렸다. 그리고 내게도 새로운 습관이 생겨났다. 미성년자가 출입할 수 없는 다방에 교복 입고 당차게 들어가는 특권을 누리며 방과 후엔 곧잘 집보다 먼저 다방에 들르곤 했다. 낡은 목조 건물 이층으로 오르는 계단을 일부러 천천히 올라갔다. 껌 딱지가 붙은 얼룩, 페인트칠이 벗겨진 회벽, 곳곳에 전단지를 붙였다 뗀 자국으로 성한 곳이 없지만 그런 낡은 풍경이 참 좋았다. 들어가기 전 출입문 앞에서 발을 굴러 신발에 묻은 흙이나 먼지를 털어냈다. 유리를 덧댄 문을 밀고 들어가면 찰랑찰랑 종소리가 다른 세상에 왔음을 알려주었다.

열세 살, 내가 딛고 선 곳은 온통 신비와 설렘으로 가득했다. 딸랑 종이 울릴 때마다 들어오고 나가는 사람들. 실내 가득 퍼지는 커피향, 찻잔 부딪치는 소리, 카운터에서 주고받는 이야기들, 빽빽이 꽂힌 LP음반, 마이크, 헤드폰 등 신기한 음향기기로 가득한 뮤직 박스. 깊숙이 소파에 머리를 묻으면 저절로 꿈이 이뤄질 거 같은, 시간이 이대로 멈추었으면 하는 몽상에 젖어들었다. 모닝커피를 즐겨 마시는 일층 사진관 주인은 오후에 와서도 "계란 노른자 둘, 알지?" 마디가 굵은 손가락을 흔들며 실룩거리는 턱을 쓱 문질러댔다. 짙은 와인색 소파에 앉아 종이에 적은 쪽지를 내밀면 DJ가 사연을 읽어주고 신청곡을 틀었다. 혼자 있을 때 불안한 얼굴들이 차 한 잔에 음악에 위로받는 건 멋진 일이 아닐 수 없었다. 한 평도 안 되는 공간에서 진종일 도장을 파다 올라오는 도장집 주인은 손금을 보며 레지들의 긴긴 사연을 들어주었다. 세상에 사랑보다 더 귀한 것은 없다며 줄담배를 피워대는 그였지만, 손가락 사이 타들어가던 담배 재가 탁자위로 떨어지기 전 재떨이를 갖다 대는 날렵한 손이 곁에 있었다. 한복을 곱게 차려입은 마담의 진분홍 립스틱, 젊음은 사라졌지만 연륜이 묻어나는 다부진 입매, 세월과 풍랑을 견딘 흔적이 그녀의 우아함을  돋보이게 했다.

넓지 않은 공간에서 비밀스런 이야기가 오가고 저마다 사연을 안고 들고 나는 손님들, 낯가림이 심한 내가 슬쩍 엿보고 만져볼 수 있는, 미치도록 달려가 부딪쳐보고 싶은 벽이 그 곳에 있었다. 하지만 난 그 벽의 이름을 몰랐다. 사랑, 몰입, 방랑, 결핍… 쏠려다니다 멈칫해 보면 자신이 미처 생각하지 못한 옆길로 새버리고 어느새 거기에 익숙해져 버렸다. 막 새순을 밀어올린 내가 미래에 온갖 시련이 있을 거라곤 상상도 못해 빨리 어른이 되고 싶어 조바심 내던 그 때, 이따금 손님이 뜸한 날은 창가에 앉았다. 육교를 오가는 사람들, 그림자 앞세우고 지나는 행인들의 발걸음, 펄럭이는 외투자락, 바람이 불면 출렁이는 가로수 잎 사이로 뿌연 하늘이 거리의 소음을 쓸고 어디론가 사라져갔다. 아무 곳이나 나를 알아보는 사람이 없는 곳으로 떠나고 싶은 길 위의 서성임. '난 절대로 평범하게 살지 않을 거야.' 가슴 언저리를 맴돌다 가라앉는 말들. 어수선한 나의 내면은 늘 즉흥적으로 기댈 곳을 찾아 다녔다. 비오는 날 들으면 울먹해지는 에디뜨 피아프의 <아뇨, 전혀 후회하지 않아요>. 쫄레쫄레 언니랑 찾아간 순석오빠(DJ) 하숙방에서 입어 본 폴 메카트니의 가죽 자켓(오빠가 가장 아끼는 옷), 레드 제플린, 퀸… 끝도 없이 이어지는 음악, 그리고 사랑 이야기, 안개처럼 흐느적거리는 설익은 청춘이 기댈 곳은 음악이 주는 위안과 온기가 아니었을까.

지나고 보니 인생에 헛된 길은 없었다. 나의 눈높이에서 보는 헛된 망상이 있었을 뿐, 발길 닿지 않아 지나친 곳, 지나가지 않으면 안 되는 길이 있었다. 둥글게 말아 올린 머리에 속눈썹을 길게 붙인 한복의 치마선이 고왔던 마담. 미니스커트 입은 젊은 레지들, 종일 유리박스 안에서 음악을 틀어주는 DJ, 계란 노른자 띄운 모닝커피, 고소하고 달달한 두향차, 찻잔에 닿는 입술의 첫 느낌을 좋아했던 나, 하릴없이 기다리는 손님들, 얼바람 맞고 빡빡 피워대는 매캐한 담배연기조차 낭만으로 다가왔던, 그 시절 딸 다방은 내 가슴에서 아직도 영업 중이다. 오랜 세월이 지난 지금도 음악이 흘러나오고 레지들은 찻잔을 나르느라 분주하다. 추억이 오래되면 가슴에 꽃이 피어나는가. 길을 잃고 몇 밤을 지새운  뒤에야 머리통이 환해져 다시 일어났던 일, 지워지지 않는 상처를 안고 발을 굴렀던 시간들, 연분홍 바람이 거친 파도였던 그 시절을 지나오니, 드레진 꽃 무더기 갈바람에 수런거린다.

# 헤이리에서

점심을 준비하고 있다. 버섯을 볶고 계란을 부치고 오이, 상추, 깻잎이며 풋고추, 우엉, 시금치를 차례로 밥 위에 올렸다. 고추장, 깨, 참기름을 곁들여 비빔밥이 완성될 즈음 언니가 현관에 들어섰다. 후다닥 점심을 먹고 집을 나섰다. 집 주변에서 맴돌던 우리가 제법 먼 곳을 택한 것은 일종의 마음달래기랄까, 묵은 얘기가 곰삭은 시간만큼이나 술술 풀려나오고 길이 밀려도 앞차 뒤꽁무니를 따라 가다보니 어느덧 헤이리였다.

전시관을 둘러보았다. 기둥 하나 없이 삼층 높이로 오픈된 공간에 벽을 타고 흘러내리듯 잔잔한 음악이 홀 전체에 퍼져갔다. 무덤덤하고 간결한 선, 섬세함을 배제한 절제된 건축미가 돋보이는 카메라타홀, 이태리어로 작은 방, 모임이라는 의미다. 르네상스 전성기인 16세기 말 피렌체의 예술 후원자인 조반니 데 바르디 백작의 살롱에 모였던 시인, 음악가, 문인, 건축가 등 예술가들의 소그룹을 통칭하는 말이다. 빼곡히 들어찬 LP, 턴테이블, 진공관 엠프, 덮개 씌여진 피아노 등 추억을 불러일으키는 요소들이 곳곳에서 움직임을 멈추었다.

원두의 알싸한 향기에 이끌려 자리에 앉았다. 돌멩이에 끈으로 연결된 연필과 앙증맞은 연필 깍기, 메모지가 테이블마다 비치되어 있다. 쌉쌀하고 구수한 맛, 오감으로 스며드는 모호한 향기에 잠시 말을 잃고 커피만 홀짝거린다. 어느새 슬며시 다가온 주인장에게 싸인을 부탁하자 과장되지 않은 세련된 자태로 옆 자리에 앉았다. 여행에 동참하지 않은 이유를 묻자 잠시 주춤거리던 그가 고개를 돌렸다.

"같이 가고 싶었죠. 그런데 이 다리가 영 시원치 않아서…"

아들의 산티아고 여행 사진전, 거기에 동참했던 사진작가 J씨를 부러워하는 그의 미간이 순간 움츠러들다 펴졌다. "그는 재주꾼이에요. 그림, 사진, 문학 등 못하는 게 없죠. 더군다나 건강한 몸으로 여행까지." 깍지 낀 손에서 풀려난 손가락이 의자 팔걸이에 얹혀졌다. "운동은 하시나요?" 언니가 물었다. "그럼요. 매일 걷기도 하고. 그래도 나이는 못 속이는 거죠" 오랜 세월 아들과 소원했던 사이가 가까워진 것에 깊이 안도하는 그는 어느새 평범한 아버지로 돌아가 있었다. "라디오 프로그램 <밤을 잊은 그대에게> 학창시절 우린 열정적인 팬이었어요." 엄마한테 혼날까봐 이불 뒤집어쓰고 듣던 그 때를 생각하면 입 안에 쿡쿡 웃음이 삐져나온다.

"목소리는 여전하시네요. 옛날 그 목소리 하나도 변하지 않았어요." 우수와 고독이 묻어나는 그의 목소리는 세월을 느끼지 못할 만큼 맑고 은은했다.

"살아보니 어떠신가요?" 이런 질문을 해도 괜찮다 싶을 만큼 중

후함이 묻어나는 그에게 물었다. 갑작스런 질문에 잠시 생각에 잠기더니 천천히 입을 열었다. "참 아름다운 생이었다고 생각해요. 이것이 한정된 시간이기 때문에 그렇지, 만약 영원히 계속된다면 정말 못 견디게 지루했겠죠. 방송인을 할 때도 행복했지만 그걸 지금까지 계속했다면 행복을 느끼지 못했을 거에요. 인생은 짧고 정해진 시간이 있어 더 소중하고 아름다운 거 같아요. 살면서 좋은 일도 있었고, 나쁜 일도 있었지만 좋은 인연이 더 많았던 거 같아요…" 그를 너무 오래 잡아두면 안될 거 같아 조심스레 말머리를 돌렸다. "신청곡 부탁해도 될까요? "아 그럼요, 얼마든지." "베토벤의 열정." 자리에서 일어난 그는 자신의 세계로 돌아갔다. 잠시 후 미니칠판에 "베토벤 피아노소나타 No23. 열정"이 쓰여 지고 LP겉표지가 이젤에 걸렸다.

바람이 창을 두드린다. 빗줄기가 굵어지고 산허리를 돌아 나온 비가 풍경을 지우고 있다. 빗물을 가르고 지나는 자동차 바퀴소리를 듣는다. 세상 끝에 남겨진 듯 외로움이 밀려올 때면, 일 끝내고 막걸리를 사발 채 들이키는 노동자처럼 거나하게 취해 거리를 쏘다니던 때가 있었다. 견딜만하다 싶으면 찾아오는 불면의 밤, 밀어내지 못하는 등줄기의 고독, 축 늘어져 되감기는 테이프처럼 제 그림자를 내려다보며 우두커니 서 있던 시간들, 지루한 일상이 그냥저냥 흘러갔다. 길 가에 뒹구는 낙엽처럼 추억의 한 장면이 떠올랐다. "풍선껌 불기, 생각 나? 거울 앞에 앉아 누가 더 크게 부나 내기 했던 거." "풍선이 작으면 찰싹 뺨 한 대 얻어맞고, 맞은 게

분해서 더 세게 때리고, 나중엔 둘 다 얼굴이 벌개졌잖아." 빠르게 흘러간 시간들, 변화한 자신과의 간극이 중년의 이마에 줄무늬로 서성대고 있었다.

"열정, 인생을 열정적으로 살고 싶어." 언니는 소녀처럼 가슴에 손을 모았다. "삶이 멍드는 소릴 들은 적 있어." 무심결에 내뱉은 혼잣말이지만 우리는 공감했다. 왜 모를까. 온 몸이 멍들고 나서야, 바닥을 치고 나서야 오를 수 있는 언덕을 우린 수없이 경험하지 않았는가. 아무리 발버둥 쳐도 현실은 다음 날 어김없이 찾아오고, 내치고 싶은 일들에 발목이 잡혀 허둥거리지만, 그래도 삶은, 산다는 건 깊이를 알 수 없기에 그악스레 움켜쥐고 울상이어도 이따금 콧노래도 부를 수 있는 게 아닐까. "어떻게 살아야 하는지 조금씩 배우고 있어. 아침에 눈뜨면 베란다로 나가 식물들에게 인사하지. 새순이 올라오는 모습을 보면서 살아있다는 것에 감사드려. 생명의 경이에 놀라면서 저들처럼 나도 최선을 다해야겠다는 생각이 들어." 분분히 날리는 꽃잎처럼 잠시 머물다 간 청춘, 사라진 것들이 많다는 건 아픔일 수도 있지만 어쩌면 미래에 대한 기대일 수 있다는 걸 알기에 우린 지금 웃을 수 있다. "그래. 무엇이든 열정을 다한다면 후회가 없겠지. 설사 원하는 대로 뜻을 이루지 못한다 해도." 어느새 저녁 어스름 산안개가 내려와 차창 너머 헤이리 마을 풍경이 비스듬히 누웠다.

# 새뜨락

잰걸음으로 나선 길이다. 찬바람에 옷깃을 세우는가 싶더니 겨울이 성큼 다가왔다. 이울어가는 시간을 서성대며 계절은 침묵에 들고, 도로변에 수북이 쌓인 낙엽을 이리저리 흩뿌리는 바람이 선득하다. 겨울이 오면 맨 먼저 달려가 살며시 문 두드리고 싶은 곳이 있다.

"너 생각나니? 난롯가에서 먹던 커피 말야." "왜 아니겠어. 머그잔이 넘치도록 마셔대던 커피. 지금도 너무 그리운 걸. 겨울이 되면 유난히 더 생각나." 새뜨락을 그만둔 지 어언 사십년. 어느덧 중년을 맞은 우리가 그 때를 떠올릴 때면 지금도 가슴이 뛰고 혀끝에 침이 고인다. 모락모락 김이 나는 주전자, 따뜻한 난롯가에 모여 구운 과자에 커피를 찍어먹던 일이 엊그제인양 선명하다. 매일같이 새로운 인연과 우연에 가슴 조이던 시간들, 웃고 울며 애태웠던 젊음의 열기와 에너지로 넘치던 얼굴들이 그 곳에 있었다. 새뜨락은 1980년 초 언니가 운영했던 의상실이다. 어느 날 양재를 배워보면 어떠냐는 아버지의 권유에 자신 없다고 발뺌하던 언닌 여러 날 고민 끝에 용기를 냈다. 양재학원에서 재단과 재봉을 배우고, 몇 년간 현장 실습을 익히고 나면 의상실을 차려준다는 조건이었다. 말이 실습이지 그 일은 아침부터 밤늦게까지 종아리가 붓도록 온갖 궂은일을 해야 하는 잔심부름꾼에 불과했다.

같이 해보자는 언니의 제안에 별 생각 없이 그 세계에 발을 들이게 되었다. 양재의 이론과 실기를 이수하고 견습 사원으로 들어간 의상실에서 맨 처음 한 일은 윈도우 청소였다. 이른 아침 출근해서 셔터를 올리고 나면 양동이에 물을 떠 놓고 쇼 윈도우를 닦았다. 비눗물을 끼얹고 수세미로 벅벅 문지른 다음 맑은 물로 씻어내고 나면, 긴 막대로 물기를 없애고 마른 수건으로 광을 냈다. 손이 닿지 않은 곳을 닦느라 물을 뿌려야 할 때면 옷이 흥건히 젖곤 했다. 그 때 가장 힘들었던 것은 발에 땀이 나도록 뛰어다니는 잔심부름이나 허드렛일보다 지나가는 행인들의 힐끔거리는 눈빛이었다. 찬바람 부는 겨울, 꽁꽁 언 손을 호호 불어가며 찬물에 손을 담그면 추위가 뼈 속까지 스며들었다. 밖의 청소가 끝나면 안에 들어가 윈도우를 닦아야 했다. 밖에선 등을 보이고 일해도, 안에 들어가면 내가 마네킹처럼 밖을 보게 된다. 멋진 옷과 장신구로 치장한 마네킹조차 흘겨보듯 유리창에 비친 내 모습은 더 초라했다. 마네킹은 웃지 않는다. 꽃무늬 원피스를 입어도, 값비싼 밍크코트를 걸쳐도. 세상에 대한 편견과 오기로 똘똘 뭉친 나도 웃을 일이 없었다. 행복한 얼굴로 거리를 오가는 사람들 앞에서 주눅이 든 자신이 견딜 수 없이 미웠다. 지어낸 웃음을 흘릴 뿐, 마음은 떨구지 못한 쭉정이로 그득했다.

마네킹처럼 철마다, 아니 며칠마다 옷을 갈아입는 여자, 한 번쯤 그런 삶을 꿈꾸었다. 내가 일했던 의상실 주인은 온실 속의 화초처럼 가난을 모르고 산 여자였다. 원하는 게 무엇이든 손에 넣을 수 있는 풍요와, 언제나 새 옷을 맞춰 입고, 싫증나면 한두 번 입다가 세일 상품으로 내놓으면 날개 돋친 듯 팔렸다. 비슷한 또래의 부잣집 친구들이나 사모님, 유한 마담, 접대부가 주 고객이었고, 늘 종종 걸음인 나와 달리 그들은 미소와 여유가 몸에 배어 있었다. 지금도 잊을 수 없는 손님이 있다. 백옥 같은 피부, 희고 고른 치아, 쭉 빠진 각선미, 부드러운 머릿결, 늘씬한 키에 풍만한 가슴, 그야말로 비너스가 환생한 듯 미모를 갖춘 여자였다. 여러 벌 옷을 맞추면서도 값을 흥정하거나 깎는 일도 없이 그녀는 늘 혼자 왔다. 빨간 장지갑을 열어 옷값을 치르는 그녀의 손가락은 창백하리만치 희고 고왔다. 그 날은 성탄절을 앞두고 아침부터 눈발이 날리는 추운 날씨였다. 새하얀 망토와 잘 어울리는 흰색 샤프카를 쓰고 나타난 그녀는 닥터 지바고의 나나처럼 눈부시고 아름다웠다. 그녀가 새로 맞춘 옷을 찾아 쇼핑백을 챙기고 있을 때 검은색 승용차가 도착했다. 운전기사가 내려 문을 열어주고 그녀를 태우고는 어디론가 사라졌다. 가까이 보는 것만으로도 황홀경에 빠진 나는 백마 탄 왕자가 나타나 그녀를 데려가는 상상을 하곤 했다. 그러나 얼마 후 나의 환상은 깨지고 말았다. 가난한 집의 맏이로 태어난 그녀의 삶은 순탄치 않았나보다. 몸져누운 어머니, 줄줄이 동생들의 학비며 생계를 책임져야 하는 그녀가 선택한 것은 요정의 접대부였다. 그 곳에 드나드는 고위직 관리의 눈에 띄어 남자의 애첩이 되었다는 사연은 뭉근하니 가슴을 휘저었다.

서럽고 눈물겨운 견습 기간이 끝나자 언니는 개업을 준비했다. 한창 외래어가 유행하던 때 상호를 우리말로 짓고 싶었던 언닌 '한글 이름 펴기 운동'의 선구자 배우리 회장에게 부탁하고, 그에게 받은 몇 개 상호 중 하나를 고른 게 새뜨락이었다. 그 인연으로 우리도 한글이름(한마을, 한노을)을 갖게 되고, 그와 함께 TV에 출연해서 한동안 화제에 오르기도 했다. 개업하고 나자 우리가 그토록 부러워하던 여대생들이 새뜨락으로 모여들었다. 이제 언니는 그녀들의 부러움의 대상이 되었지만 낯설고 힘겨운 경영수업을 톡톡히 치러야만 했다. 언제나 하루는 예기치 못한 일과 크고 작은 문제로 우왕좌왕하면서도 순발력과 재치로 잘 넘기곤 했다. 원단이나 안감, 지퍼, 단추등 부속품을 사러 동대문시장에 갈 때면 신이 나서 따라갔다. 눈이 휘둥그레질 만큼 오밀조밀 빽빽한, 미로 속을 헤매듯 수백 개가 넘는 점포를 돌아다니며 물건을 고르고 흥정하고, 전국에서 올라 온 상인들의 발 빠른 움직임, 거대한 시장의 흐름을 알아가는 재미가 쏠쏠했다. 지금은 오토바이가 대신하지만 그땐 지게꾼이 원단 뭉치를 지어 날랐다. 좁은 시장 골목에서 지게꾼을 만나면 잽싸게 몸을 피해야지 굼뜨게 움직이다간 두루마리 원단 뭉치에 얻어맞기 십상이었다. 도로변이나 버스 정류장에 죽 늘어선 지게의 행렬과 땅바닥에 철퍼덕 주저앉아 주문을 기다리는 지게꾼들의 튀어나온 광대뼈, 퀭한 눈, 푸시시 까치집처럼 뻗은 머리카락, 낡고 헤진 옷차림을 볼 때면 알 수 없는 아픔이 지나갔다. 아름다움과 추함, 부와 빈곤이 공존하는 양면성이 비단 패션계만의 일은 아닐진대, 세상을 움직이는 힘은 무엇일까 물음을 던지곤 했다.

의상실 뒤편으로 목조 건물 이층 작업장에서 재단사, 재봉사와 그의 제자들이 옷을 만들어냈다. 성탄절을 앞두고, 대목시즌이 다가오면 철야작업을 할 만큼 주문이 밀려들었다. 작업장에서 사고가 난 것도 그 즈음이었다. 며칠 동안 쪽잠에 밤샘 작업하느라 피로에 지친 재봉사가 깜빡 졸다 그만 바늘이 엄지손톱 가운데를 관통했다. 바늘이 박힌 채 철철 피를 쏟는 그녀를 부축하고 가까운 정형외과에 갔다. 손가락에 박힌 바늘을 빼내고 실로 꿰매고 나서도 그녀는 돌아와서 일을 마무리 지어야 했다. 이따금 그곳에선 크고 작은 사고가 터지곤 하는데, 뜨거운 다리미에 데는 일은 다반사고 날 선 재단가위에 베이고, 바늘에 찔리거나 골절상을 입기도 했다. 대부분 어린 나이에 시골서 상경해 쪽방에서 생활하는 그들 중에는 부지런히 기술 배우고 알뜰하게 돈 모아 독립하는 경우도 있지만, 여기저기 떠돌다 위험한 곳으로 흘러가거나 낙향하는 이도 더러 있었다. 그렇듯 수많은 사람의 손과 발이 움직이고 보이지 않는 땀과 정성으로 옷 한 벌이 완성되었다. 손님은 옷을 맞출 때만 오지 않는다. 지나가다 커피 생각이 날 때, 난롯가에서 먹는 도시락이 그리울 때, 푹신한 소파에 몸을 묻고 실컷 수다를 떨고 싶을 때, 사연을 안고 와서는 속엣말을 털어냈다. 혼자 걷다 문득 생각나서 들렀다며 머쓱하게 들어오는 손님도 있었다. 달달한 커피를 홀짝거리며 커다란 창을 통해 보는 세상은 한 폭의 풍경화였다.

홀로 남겨진 마네킹처럼 구석에 밀어 넣고서야 안도하는 나였다. 인간관계에서나 일에서나 서툴렀던 나는 내 잣대로 판단하고 비평하고 더욱이 자신에게 솔직하지 못했다. 엉거주춤 앞으로 나아가지도 뒤로 물러서지도 못하는 나약함을 운명 탓으로 돌리며 방황하다 주저앉곤 했다. 착하고 수더분한 성격에다 입바른 소리 못하는 언니를 약삭빠른 손님이 먼저 알아챘다. 그들은 옷을 맞춰 입고 지불을 차일피일 미루거나, 다음에 한꺼번에 갚는다며 다시 새 옷을 맞춰 입었다. 월말이 되면 외상값 받으러 다니는 일이 늘어났다. 꿀꺽 삼키고 시치미 떼는 사람들에게 말도 못하고 마음만 애태울 뿐, 반복되는 문제를 어떻게 다뤄야 할지를 몰랐다. 그 때 언니의 입장을 조금 더 헤아렸더라면, 좀 더 적극적으로 도왔더라면, 짐짓 모른 척 뒷전으로 물러나고 경영부실에 대한 책임은 모두 언니가 떠안았다. 진정 자신이 원하는 삶이 무엇인지, 내 앞에 턱 버티고 있는 유리벽이 허방한 마음의 투영이었음을 그땐 알지 못했다.

어깨를 낮추고 겨울 채비에 든 나무가 잎을 떨구듯, 세상에 대한 편견을 덜고 나면 새로운 삶에 눈뜬다. 뒤늦은 후회로 내꽂는 시선이 잠시 걸음을 멈추고 옷매무새를 다듬는다. 스치듯 바삐 지나가는 사람들은 저마다의 걸음으로 세월을 건너고 있다. 한동안 머물다 물러나는 삶의 여정도 그러하리라. 무표정한 마네킹과 청춘의 정점 사이로 명료함이 고개를 든다. 거스를 수도 피해 갈 수도 없었던 세월을 펼치니 예전의 생기와 풋풋함을 뒤로 하고 무딘 눈으로 세상을 바라보는 나. 아직은 덜 여물고 덜어낼 게 많은 내가 휘적휘적 겨울나무 사이로 걸어간다.

# 페이지를 넘기다

라디오를 켰다. 지상에서 가장 슬픈 곡이라는 비탈리의 샤콘느가 흐른다. 성글게 감기는 바이올린의 느린 변주에 저미듯 조여드는 먹빛 긴장감, 어디선가 공기방울에 섞여 나무 타는 냄새가 난다. 시베리아 유형지에서 바이올린을 켜는 영화의 한 장면이 떠오르고, 그녀의 새까만 손톱이 비탈을 훑고 지나갔다. 거리는 온통 회색빛이다. 개통을 앞두고 막바지 공사가 한창인 선로 옆으로 작은 실개천이 흐른다. 둔덕 너머 모내기 준비를 마친 논두렁이 펼쳐지고 차창 밖으로 도시는 안개에 싸여 몸체의 선을 지운다. 희뿌연 적막을 뚫고 그 곳으로 가고 있다.

사거리를 돌자 어느덧 낯익은 풍경이 희끗희끗 지나간다. 길 양옆으로 느티나무가 어깨를 껴안듯 맞닿아있다. 오래 전 가쁜 숨을 몰아쉬며 가지를 뻗었던 희망이 아름드리나무로 서있다. 셋집을 전전하던 우리에게 내 집 마련의 꿈은 절실했다. 내 안의 소중함을 지키기 위해 곁가지를 쳐내고, 자고 나면 한 움큼 자란 서러움에도 다시 일어섰던 날들이었다. 아치로 감아 올린 덩굴장미를 지나 아파트로 통하는 계단에 올라섰다. 초인종을 누르자 단발머리를 쓸어 넘기며 그녀가 눈인사를 했다.

진작 오기 전부터 궁금했다. "싹 걷어내고 수리하세요. 정말이지 그 상태론 아무도 들일 수 없어요." 부동산 중개인의 말을 듣긴 했어도 설마 그 정도는 아니겠지, 밀려오는 불안을 애써 잠재웠다. 거실에서 베란다로, 안방에서 주방으로, 견적을 의뢰한 인테리어 업자가 요리조리 몸을 굽히고 치수를 재느라 부산하다. 지나갈 정도의 길만 터놓고 널려있는 가재도구, 책, 잡동사니들 눈길이 닿는 곳마다 헐고 깨져있다. 마치 일부러 어질러 놓은 드라마 세트장을 보는 것 같아 자꾸 헛웃음만 나온다.

정원으로 나갔다. 겹겹이 쌓인 낙엽에 물컹 발이 빠진다. 무성한 잡초와 층고를 훌쩍 넘어버린 목련, 비틀리고 굽은 가지로 하늘을 가린 나무 아래 조팝의 가녀린 잎이 샐쭉하다. 아이들 이름으로 심은 자두나무는 울타리 밖으로 뒤엉킨 채 머리를 풀어헤쳤다. 나뒹구는 함지박, 햇볕에 그은 아이스박스, 부러진 나무의자, 깨진 화분. 살아남기 위해 발버둥치는 생명들의 아우성이 들리는 듯. 뒷걸음치는 기억들이 웃자란 가지 끝에 매달린다.

그 해 여름이 오기 전, 정원 일을 끝내려고 무던히도 땀을 흘렸다. 아침상을 물리고 나면 챙 모자를 눌러쓰고 호미와 갈퀴로 잡초를 뽑고 돌멩이를 골라냈다. 손바닥에 굳은살이 박이고, 뭉친 근육이 끙끙 앓는 소리를 냈다. 둘러친 쥐똥나무를 울타리 밖으로 내고, 그 앞으로 남천, 백철쭉, 인동초를, 소나무 주위엔 옹기종기 주목, 접시꽃, 치자, 석류를 심었다. 마당 한 켠에 백일홍과 메리골드, 제라늄, 비비추, 패랭이꽃, 베고니아, 노고단을 앉히고 동그랗게 자갈로 경계를 그었다. 감나무 아래 평상을 내어놓고 빙 둘러 채송화를 심으니 왁자지껄 웃음소리가 울타리를 넘었다. 아이들은 학교에서 돌아오면 책가방을 던져놓고 정원으로 나갔다. 어제와 달라진 모습에 눈을 깜박이며 볼이 불룩해지면 나도 덩달아 웃었다. 날이 밝으면 제일 먼저 베란다 창을 열고 새벽의 찬 공기를 마셨다. 아침을 여는 생명들에게 인사를 건네고, 그들과 함께 우리의 기쁨도 자라났다. 태풍이 라일락을 쓰러뜨린 여름날에도 끄떡없이 견뎌냈던 생명들, 우리가 살면서 집 안 곳곳에 남겨 놓았던 추억의 장소는 그 어디에도 없었다.

"그동안 고마웠습니다." 돌아서는 뒤통수에 대고 그녀가 뜨악한 인사를 내뱉는다. 정작 하고 싶었던 말은 입 밖에 내지도 못하고 일말의 책임도 묻지 않았다. 낯 한 번 붉히지 않는 너그러움에 대한 고마움인지, 상투적인 그 말이 도리어 마음을 우비고 긁어댄다는 걸 그녀는 알까. 팽 코를 풀고 나면 시원해질까 도무지 가시지 않는 서운함에 코끝이 맵고 싸하다. 내 집이라면 저렇게 함부로 썼을까. 궁둥이만 밀어 넣으면 내 보금자리라 여겨 쓸고 닦으며 셋방을 전전했던 나로선 궁한 변명으로 어물쩍 넘기는 그녀의 발칙함에 목울대가 따끔거렸다.

감꽃이 필 때면 평상에 누워 햇살에 풀리는 감잎의 재잘거림과 야생화 향기에 취하던 시간들, 이마에 맺힌 땀방울을 닦으며 손톱 밑에 파고든 흙물을 씻어내던 정원에서 그녀의 흔적을 지워냈다. 뒤숭숭한 마음도 살살이 땜질하고 금 간 곳을 펴 발랐다. 모조리 드러내고 올 수리하느라 적잖은 비용이 들었지만, 마뜩찮은 일을 해치우고 난 후의 홀가분함이랄까. 지글지글 끓던 마음이 가라앉고 지난 삶을 돌아보며 뒤척이는 새벽, 이불을 끌어당기는 손이 등짝이 묵직해지는 건 나이 때문일까. 내 잣대로 남의 상처를 다 독인답시고 오히려 덧나게 했던 일도 있으니, 세상은 가늠자로 잴 수 없는 그 무엇이 있다는 걸 몇 번 휘청거리고 나서야 알게 된다.

창으로 든 바람이 책장을 연다. 누가 엿볼까 꼬깃꼬깃 접어둔, 함부로 구겨 넣은 시간들이 행간을 채운다. 생의 한 페이지 넘길 때마다 무게를 더하고, 얄팍한 책장의 한 줄이 내 인생 전부가 될 수도, 마침표가 될 수도 있다고 생각하니 대수롭지 않은 일상이 소중하게 다가온다. 적당히 모자란 재물과 재능으로 사는 게 행복이라는 플라톤의 말, 명치끝을 핥는다.

## 매듭달을 채우다

와이퍼에서 갈라진 빗물이 흥건하다. 낮게 가라앉은 먹구름 사이로 자욱한 안개, 아침부터 내리기 시작한 비가 점점 굵어졌다. 간간히 비가 멈추기도 세차게 내리기도 했지만, 원주에 도착하니 비가 그치고 구름도 걷히고 있었다. 문막 시장 근처에서 추어탕을 먹고 호암 빌리지를 둘러보았다. 마을 앞을 흐르는 섬강, 잠시 차를 세우고 흐르는 강물을 바라본다. 거슬러 오르듯 지나온 시간이 스쳐갔다. 떠나고 만나서 다시 돌아오는 물줄기처럼.

아버지가 돌아가시고 여전히 남은 숙제가 있었다. 다시 유산 문제가 불거져 나오고, 법원에 고소장을 내고, 그 여자(새엄마)와의 불쾌한 통화, 막장 드라마를 보듯 채널을 돌리고 싶어도 끝날 때까지 일어설 수 없는 이 상황이 나를 지치게 했다. 스물다섯 살 연하인 그 여자를 들일 때부터 아버지의 옹고집은 다시 고개를 들었다. 자식들 입장을 헤아리지 않고 예절과 도리만을 강요하는 아버지가 야속해 한동안 명절 때나 찾아갔다. 여자와의 만남은 늘 어색하고 떨떠름했다. 그러다 마음을 고쳐먹기로 했다. 아버지의 여자니까 아버지만 행복하다면 그걸로 됐지, 이해하려는 마음이 들면서 이것도 인연이다 싶어 여자를 감싸주었다. 밀고 당기는 엇갈림 속에 미운털 박힌 언니들을 설득해 화해의 물꼬를 트기도 하고, 나름 심적 갈등을 겪으면서도 덮어주고 보듬어주었던 내게 여자는 찬물을 끼얹었다. 아버지가 돌아가시고 여자의 모든 게 거짓이고 연극이었음이 드러났을 때의 당혹감, 분노는 몸서리 칠만큼 큰 충격이었다. 십 년을 넘게 그 여자 꼭두각시 노릇한 나는 바보가 되고 패인 상처는 깊었다. 시간이 지나면 상처야 아문다지만 그 와중에도 머리를 얻어맞은 듯 절박한 건 어떻게 살 것인가에 대한 물음이었다. 나는 살아서 무엇을 남길 것인가. 자식에게 남길 유산이 무엇일까, 곰곰이 생각하다 이사를 결심했다.

전원주택을 꿈꾸기 시작한 건 이십년 전의 일이다. 몇 번 계획이 바뀌고 엎치락뒤치락했지만 챙 모자 눌러쓰고 전지가위를 든 내 모습은 변함이 없었다. 해를 넘기면서 더 미루면 영영 갈 수 없을지도 모른다는 생각에 귀촌에 관한 책을 보고 정보도 수집하면서 구체적인 계획을 세워나갔다. 원주민보다 이주민이 많아 텃새 걱정은 안 해도 되고, 혐오시설도 없고 우리 예산에 맞는 곳을 고르다보니 강원도였다. 그 중에 원주를 택한 것은 토지문학관이 있어서였다. 오랜 투병기간 중 움츠러든 몸과 마음에 위안을 주었던 <토지>, 그 곳에 가면 뭔가 매듭이 풀리지 않을까 설레는 마음도 있었다. 생각처럼 일이 잘 풀리지 않을 때도 희망을 놓지 않고, 인터넷으로 발품으로 매주 토요일이면 원주에 내려갔다. 단풍철이라 행락객으로 혼잡한 도로에서 운전하느라 피곤한 남편, 나는 나대로 마음이 편치 않았다. H시에 이사 오고 십 년을 넘게 살아 정이 들었는지 자꾸 눈에 밟히는 지인들이, 혼자 살게 될 막내가 이따금 마음을 쿡쿡 찔러댔다. 줄곧 도시에서 살았던 우리에게 중개인은 걱정스런 표정을 지었다. 정원 일은 해도 해도 끝이 없다. 삼 년이 고비인데 그걸 넘기지 못하면 돌아간다고.

마음은 굴뚝같아도 때론 현실이 가로 막는다. 결국 그 날이 오고야 말았다. 부동산 중개인이 구경가보라 해서 찾아간 곳이다. 백운산 자락, 해발 700미터 고지, 혼자 쓸 수 있는 계곡이 운치를 더하고 넓은 마당을 한 바퀴 돌아 현관문을 열자 싸늘한 공기가 훅 끼친다. 거실 탁자 위에 널브러진 옷가지, 챙 넓은 모자가 흐트러져 있고, 식탁위에 반쯤 담긴 김치통, 그 옆에 빈 통이 나란히 놓인 게 뭔가 뒤숭숭하고 괴이한 느낌이랄까. 화장실 문을 열었다. 걸쳐 놓은 듯 다리 한쪽이 쭉 빠져 있는 바지가 눈에 들어왔다. 문득 바지를 벗다 넘어져 병원으로 실려 갔던 시어머니 생각이 났다. 고관절 수술을 받고 돌아가시는 날까지 고통스러웠던 기억들, 긴박했던 그 때를 떠올리자 부르르 몸이 떨렸다. 액자 속에 마냥 행복한 노부부와 멈춘 시간의 간극, 이곳에서 무슨 일이 있었던 걸까. 돌아가던 영사기가 멈춘 듯 순식간에 일어난 일이 크로즈업 되어 지나갔다. 정원으로 나왔다. 비바람에 퇴색한 데크, 잡초가 무성한 텃밭과 관목들, 주인의 손길이 멈춘 정원은 을씨년스러웠다.

집으로 돌아오는 길은 그 어느 때보다 말이 없었다. 스쳐가는 풍경에 눈을 두지만 무언가 놓친 듯 똬리를 트는 의문부호, 알 수 없는 허망함이 고단했던 시간을 채워나갔다. 할 수 있는 노력을 다 하고도 원하는 결과를 얻지 못한 허탈감, 그건 무엇을 의미할까. 내 것이 될 수 없다는 무언의 암시이니 깨끗이 손 털고 일어날 일이다. 함께 고민하고 발로 뛰었던 그 과정은 우리에게 어떻게 살아야 하고 어떻게 삶을 완성해야 하는지 진지하게 되묻는 시간이었다. 원하는 걸 얻지 못한 아쉬움보다 지금 가진 것에 감사하며 삶을 껴안는 너그러움을 배운 시간이기도 하다.

자식에게 무엇을 남겨야만 할까, 아무것도 남기지 않는 건 어떨까. 내가 아버지 어머니를 소소한 일상의 추억으로 기억하듯. 무엇을 남겨야만 한다는 그 생각도 어쩌면 집착이 아닐까. 세상을 살아가는데 가장 필요한 건 무엇일까 곰곰이 생각했다. 자신에 대한 믿음이다. 통장의 잔고가 바닥 나 내일이 막막할 때도, 상실과 아픔으로 절망할 때도 자신의 힘을 믿었기에 헤쳐 나올 수 있었다. 내가 믿는 만큼 앞으로 나아갈 수 있다. 자식에게 물려주고 싶은 것은 바로 그것, 진정한 자신을 발견하는 것이다.

한 해를 돌아보며 가슴을 쓸어내리기도, 조바심나기도 하는 십이월이다. 사는 게 힘들고 고통스러운 건 무언가 해내려고 애쓸 때이다. 그래도 난 멈출 수 없다. 고통도 슬픔도 끌어안고 가야하는 생의 의미는 스스로 만들어 가는 것이기에 오늘, 내가 할 일은 이 것뿐이다. 세상 무엇과도 바꿀 수 없는, 이 달콤한 고통을 맛보기 위해 자판을 두드린다. 톡톡톡… 창으로 오랜만에 매듭달의 햇살이 반짝이고 있다.

## 로꾸거의 맛

"글을 잘 쓰려면 어떻게 해야죠?" 어느 날 글 쓰는 후배가 물었다. 초심자는 물론 오랫동안 글을 쓰는 이라도 잘 쓰고 싶은 마음은 늘 고민한다. 침묵과 글 사이를 오가며 조심스럽게 내딛는 걸음은, 글을 쓰지 않는 시간에도 생각의 촉수를 세우고 기다림은 초조하고 더디다.

한 때 등단은 마술 상자였다. 등단만 하고 나면 글이 저절로 써지고, 온 세상을 얻은 것 같으리라던 기대는 석 달 만에 공포로 바뀌었다. 이른바 백지 공포가 나를 덮쳤다. 한 자도 쓸 수 없었다. 더 잘 써야 한다는 강박은 엄청난 파도로 나를 덮치고 옴짝달싹 못하게 가두었다. 그래. 난 이정밖에 안 돼. 아예 글쓰기를 포기하고 말았다. 글쓰기 하느라 미뤄두었던 그림, 일어 공부, 요리에 눈을 돌렸다. 그리고 삼년이 지나자 슬슬 손이 근질거렸다. 머리는 아니라고 흔드는데 손이 꼼지락대기 시작했다. 글쓰기에서 벗어난 해방감이 마치 죄를 짓고 있는 것 같은 죄스러움으로 바뀌자 다시 펜을 드는 마음이 가벼웠다.

등단은 운전면허증과 같다. 이론을 달달 외고 합격한다고 해서 운전을 잘 하지 못하는 것처럼 글쓰기도 마찬가지다. 운전하는 습관을 보면 성격을 안다는 말처럼 글쓰기도 자신이 어떻게 다루고 길들이느냐에 따라 달라진다. 경력이 오래 되었다고 운전을 잘 하는 게 아니듯, 고생 끝에 어렵사리 등단하고도 잘못 들인 습관으로 인해 직진할 곳에서 유턴을 하거나, 깜박이도 안 켜고 끼어들기 등 이상한 방향으로 가는 경우를 가끔 보게 된다.

잘 쓰려고 하기보다 잘 읽히는 글을 쓰려고 한다. 쓰다보면 흐름을 놓칠 때가 있다. 하고 싶은 말은 이것인데, 엉뚱하게 저것을 갖다 붙인다. 그래서 반드시 퇴고가 필요한데 혼자서 하는 이 과정도 그리 만만치 않다. 큰소리로 소리 내서 읽는다. 내가 쓴 걸 읽고 또 읽다보면 지루하고 짜증나기도 한다. 남의 글은 한 번 읽고 덮어두면 그만이지만, 자기 글은 다듬고 잘라내는 과정에서 갈등을 겪는다. 그게 공들여 쓴 것이고 내가 좋아하는 문장이라면 꽉 붙잡고 놓을 수 없다. 한 단락을 통째로 걷어낼 때는 마치 살점을 도려내는 듯 아프고 뻐근하다. 부호, 단어, 한 문장이 전체에 영향을 줄 수도 있기 때문이다. 이걸 붙일까 말까. 떼어낼까 말까, 단락을 바꿀까 말까 수없이 많은 갈등과 혼란스러움을 거치고 나야 수필 한 편이 나온다. 그렇듯 온갖 정성을 기울여 쓴 것도 몇 개월 지나 읽어보면 또 고칠 데가 보인다.

글쓰기는 일종의 수행과 같다. 글 쓰는 과정이 마음 공부할 때와

비슷하다는 걸 실감한다. 잘 된다고 우쭐하면 바닥으로 쿵 떨어지고, 난 왜 이 정도 밖에 안 되지? 의기소침해질 때 느닷없이 술술 문장이 풀리기도 한다. 때때로 밀려오는 의구심, -왜 이 고생을 해야지? 글 안 쓰고도 잘 살았는데, 이걸 해서 배가 부른 것도 아니고, 누가 알아주지도 않는 고생을 왜 자처하는 거야. 흘깃 주변을 기웃거린다. 어떤 이는 글 쓰면 골병든다, 그래서 단명 한다며 돌아서기도 한다. 오래 전 나무를 심으려고 앞마당을 파헤친 적이 있다. 땅을 파기 시작하자 돌멩이, 잡초, 건축 폐기물 등 온갖 쓰레기가 트럭으로 서너 대가 넘었다. 깊이 박힌 나무뿌리를 캐낼 때는 장정 대여섯 명이 달라붙어 뽑아야 했다. 우리 마음엔 그보다 더 많이 더 깊이 과거의 상처, 해결되지 못한 문제, 상실, 두려움, 관계 등이 묻혀 있다. 그걸 밖으로 끄집어내는 과정은 생살을 도려내는 아픔이고, 발가벗고 대중 앞에 서는 부끄러움이었다. 상처는 드러내야 치유된다. 자신의 목소리로 내 상처를 이야기하고 그 상처의 뿌리를 보아야 한다.

내 안의 상처는 나만 볼 수 있다. 같이 경험했어도 언니랑 내가 다르게 느끼는 걸 알고 놀란 적이 있다. 일곱 살 무렵, 동생 둘이 집에 왔다. 아카시 꽃이 한창이던 여름, 겁에 질린 얼굴로 앞마당에 서 있던 동생들의 모습은 아직도 기억이 생생하다. 우리 집은 아들이 하나밖에 없고 오빠는 어려서부터 몸이 약해 죽을 고비를 몇 번 넘겨야 했다. 대를 이어야 한다는 장남의 의무였으리라. 아버진 다른 곳에서 아들을 만들어 놓고, 그 애가 말귀를 알아들을 무렵 본가로 데려온 것이다. 여자애가 다섯 살, 사내애가 세 살이었다. 세월이 흘러 그 이야기를 하자 언니는 자기가 몇 살 때인지 계절도 가물가물해했다. 그 때 아버진 마당에 서있던 우리들을 찬찬히 둘러보며 말했다. “너희 동생들이니까 싸우지 말고 사이좋게 잘 지내거라.” 그 날 이후 우리 집은 하루도 바람 잘 날이 없었다. 막내였던 내게 그 일은 벼랑에서 떨어지는 아픔이었다. 겉으론 순종하고 얌전한 아이였지만 마음은 성난 코뿔소처럼 마구 날뛰었다. 아버지에 대한 미움은 증오심으로 변하고 급기야 마음의 문을 닫아버렸다.

세월이 흘러 아버지를 이해한 건 글쓰기를 하면서였다. 당시 시대상으론 아버지의 여성편력이나 외도는 유별난 것도 용서할 수 없는 일도 아니었다. 내 안에 갇혀 있던 아픔, 상실, 분노가 글을 통해 나올 때마다 펑펑 울었다. 내 상처만 크고 깊어 보여 굴 속 같은 어둠에 자신을 몰아넣었던 과거의 나를 이해했다. 그리고 자신을 용서했다. 오랜 세월 가둬두었던 서러움이 봇물처럼 터져 나올 때 글로 풀어내며 울고, 문우들 앞에서 읽으며 울고, 집에 와서 다시 읽으며 울고… 글을 쓰는 동안 책상엔 늘 코 푼 휴지가 수북이 쌓였다.

글을 쓰지 않았을 때 나는 바꿀 수 없는 과거에 화를 내고, 오지 않은 미래가 불안했다. 어떻게든 채워야 하고, 무엇으로든 엮어야

하는 현실에 대한 불만족, 미래에 거는 기대와 두려움이 조바심을 부추겼다. 글을 쓰면서 진정 자신이 누구인지 묻고 또 묻는 과정은 시간의 개념, 과거 현재 미래가 일직선이 아닌, 지금 이 순간이 모든 걸 내포한 게 아닐까 하는 안도감이었다. 글로 풀어냈을 때 내 이야기는 독립된 개체로 떨어져 나가고 나는 제 삼자가 된다. 상실과 두려움이, 세상 밖으로 나오지 못해 그림자로 살았던 시간이, 서러움이요 치욕이었던 과거의 내가 치유됨을 알았다.

글쓰기는 자신을 거꾸로 매달기다. 세월에 묻혀 있던 감정, 습관처럼 달라붙는 게으름, 타성에 젖어 내리는 편견, 무관심 등을 탈탈 털어내고, 깊이 파고든 상처의 뿌리를 드러내는 일이다. 제 몸에서 뿌리 하나 잘려나갈 때마다 아파서 울고, 불쌍해서 안아주고, 보듬어 주면서 콧등이 시큰해진다. 기어가는 앞사람이 나보다 빠른 것 같아 조바심내고, 아무리 뜀박질해도 따라 잡을 수 없다는 불안, 속도에 치여 살아온 내게 글쓰기는 인내를 가르치는 경책이다.

거꾸로 보고 비틀어 보고 가지치기하면서 미래를 향해 날개를 펼치는, 글쓰기는 온전한 내 모습을 찾아가는 과정이 아닐까.

글을 쓰지 않는 동안은 아무 일도 일어나지 않는다. 그것이 고통이다.

-버지니아 울프

추신: 후배여, 걱정마라. 이것은 글쓰기 표본도 지침서도 아닌, 나의 경험이고 넋두리란 걸 잊지 마라. 이건 성공담이 아닌 실패담이다. 난 아직도 글을 쓰면서 휘청거린다. 거꾸로 매달리는 아찔함, 그 흔들림에 중독되어 멈출 수 없을 뿐. 지금 옆에 휴지통이 있다면 내 말을 몽땅 던져 버리고 깡그리 잊어버려라. 글쓰기에 정도(正道)는 없다. 그냥 써라, 쓰고 또 써라. 쓰다보면 길이 보인다.

## 왜 못해, 하면 되지

정말 그랬다. 한다고 다 되는 건 아니었다. 지금껏 살아오며 되는 거 보단 안되는 게 더 많았다. 그래도 이것만은 꼭 해내고 싶었다. 시간이 지나며 해도 되고 안 해도 그만인 취미가 아니라 죽기 전에 꼭 이루고 싶은 버킷리스트가 되고 말았다.

대학을 졸업하고 일 년 동안 취업 활동하느라 아들은 정신없이 바빴다. 스터디그룹을 만들고 사방으로 뛰어다니며 이력서 내고 면접보고, 낙방해서 풀이 죽어 들어오는 아이를 볼 때면 가슴이 미어졌다. 그래도 국내 기업은 쳐다보지도 않고 아들은 일본기업만 고집했다. 대학 삼년을 마치고 일본으로 어학연수를 간다고 고집부릴 때부터 예고된 이별이었다. 공대를 나와 한국에 취업할 거란 예상은 보기 좋게 빗나갔다. 왜 하필, 캐물어야 답답한 게 풀릴 텐데, 더 이상 물어볼 수 없게 이 말을 하고는 입을 다물었다. "저도 모르겠어요. 그 곳에 가면 뭔가 실마리가 풀릴 거 같아요. 거기서 결혼해서 애 낳고 평범하게 여생을 보내고 싶어요. 물질만능, 치열한 경쟁, 승부욕.. 한국은 저에게 어울리지 않는 거 같아요." 입시지옥을 몇 번 드나들고, 일본 어학연수에서 세계의 젊은이들과 어울리고 돌아온 아들은 이미 미래의 지도를 손에 쥔 상태였다. 너무나 큰 충격이었지만 여러 날 고민 끝에 받아들이기로 했다. 자식에 대한 집착을 내려놓는 연습이 좀 빨리 왔을 뿐이야, 스스로 위로하면서.

드디어 아들의 취업이 결정되었다. 합격 통지서를 받았을 때 줄곧 내 안에 있던 굵고 단단한 줄이 끊어져 나간 듯 터져 나오는 기쁨과 상실감이 일시에 찾아왔다. 그건 이십 팔년 동안 아들과 함께한 시간과의 이별이었다. 출국을 석 달 앞두고 이것저것 정리하고 친구들 만나느라 바쁜 아들을 보고 있자니 마음이 심란했다. 처음엔 아들이 보던 일본어 학습서를 한자 한자 물어가며 공부했다. 엉겁결에 시작한 공부는 생각보다 힘들고 어려웠다. 이별을 앞두고 술렁거리는 마음을 이렇게라도 붙잡지 않으면 내가 지레 무너질 거 같았다. 아들이 좋아하는 음식으로 식단을 짜고 뭐라도 더 줄 게 없나 고민하고, 몸과 마음이 힘에 부쳐 돌아앉아 몰래 울기도 많이 울었다.

혼자 하는 공부가 진전이 없어 평생 학습관 일어 수업에 나갔다. 기대에 못 미치는 수업은 한 달 만에 서울로 옮기게 했다. 원어민 선생이 가르치는 수업은 어려워도 공부할 의욕이 날만큼 열정적이었다. 그러나 아쉽게도 피치 못할 사정이 생겨 팔 개월 만에 그만두었다. 얼마 후 평생 학습관에도 일어강좌에 원어민 선생이 오게 되어 뛸 듯이 기뻤다. 본격적으로 공부를 시작하자 산 너며 산, 하면 할수록 공부는 어렵고 난해했다. 외우고 돌아서면 잊어버리고, 자고나면 잊어버리고. 도대체 내 머리는 왜 이리도 나쁜 걸까. 나이 탓일까. 뒤늦게 공부한다고 고생을 자처하다니, 수없이 찾아오는 절망과 좌절 속에 공부하는 목적이 무엇인가를 생각했다. 일본인 친구를 사귀려는 것도 아니고, 고작 미래에 태어날 손자와 얘기하려는 건데 언제일지도 모르고, 에이 차라리 그만두자. 몇 개월 쉬면서도 영 마음이 편치 않았다. '이번에도 그만두면 지금까지 고생해서 외운 게 너무 아깝잖아.' 몇 년 전 영어공부하다 포기한 일이 있었기에 무엇보다 자신과의 약속을 깨버리는 게 스스로 부끄러웠다. 욕심을 내려놓고 오늘 할 수 있는 양만 공부하고 그것으로 만족하자. 이제 겨우 걸음마를 하면서 달리기 하려고 조급하게 볶아치는 자신을 반성했다.

이년 후 아들의 결혼식이 한국에서 치러졌다. 가정을 이루고 곧 태기가 있어 머지않아 할머니가 된다는 설렘도 잠시. 심장의 피가 역류하고 있는 위급한 상황에서 제왕절개로 꺼낸 아기는 곧바로 심장수술을 받았다. 앱스타인 심장 기형, 장애를 안고 태어난 아기는 한 줌도 안될 만큼 작았다. 중환자실에 눈도 못 뜨고 있는 아기를 보며 하늘이 무너진 것 같은 절망 속에서 멍하니 손만 놓고 있을 순 없었다. 끊어질 듯 이어지는 생명의 가는 줄, 핏덩이를 살릴 수만 있다면 내가 죽어도 좋았다. 기꺼이 내 목숨을 걸어도 좋다며 신에게 호소했다. 죽을 힘이 있으면 그 힘으로 공부하라는 메시지가 들려왔다. 공부하는 이유가 분명해졌다. 이제 손녀는 가파른 벼랑 위에 나를 세워 세상을 밀고 가는 힘이 되었다.

오랜 잠에서 깨어난 듯 다시 정신이 들자 공부 방법을 재검토하고, 지금까지 하던 방식에서 벗어나 뭔가 효율적인 방법이 없을까 고민 끝에 <일본어 삼 전장 쓰기>에 노선하기로 했나. 목표를 세우고 나니 의욕은 앞서도 도무지 진도가 나가지 않았다. 빈틈없이 A4 용지를 가득 채우는데 두 시간이 넘게 걸렸다. 하루에 몇 장이나 쓸 수 있을까, 삼천 장을 쓰려면 얼마나 걸릴까, 계산기로 두드려보니 얼추 삼년이란 시간이 필요했다. 중도에 포기할지도 모른다는 두려움에 망설여지고 천 장만 써 볼까 유혹이 일었다. 그래도 이왕 시작했으니 끝은 보자. 하루에 삼 천 배도 한다는데, 설사 오년, 아니 십년이 걸리더라도 끝까지 해보는 거야, 간절한 소망을 한 자 한 자 글자에 새겨 넣었다. 이십년 후 모쿠리가 스무 살이 되었을 때 보여주고 싶었다. “모쿠리, 할미는 이걸 쓰면서 기도했어. 네가 건강하게 자라길 바라며 기도하고 또 기도하면서.” 손녀에게 들려 줄 이야기 하나 쯤은 있어야 한다는 생각에 고된 시간을 견뎌냈다.

하루의 많은 시간을 졸음과 싸워야 했다. 공부하는 시간보다 조는 시간이 많을 정도여서, 그런 자신에게 화를 내고 못난이라고 머리를 쥐어박았다. 점심을 먹고 나면 졸음이 쏟아졌다. 정말이지 의자에 엉덩이가 닿는 순간 꾸벅꾸벅, 그러면 벌떡 일어나 서서 썼다. 책상 위에 받침대를 올려놓고 쓰다보면 어느새 종아리가 뻐근해졌다. 잠시 다리도 쉴 겸 의자에 앉으면 또 졸음… 뭔가 좋은 방법이 없을까? 남편에게 물었다. "원래 공부는 머리로 하는 게 아냐. 엉덩이로 하는 거라구." 책상에 오래 앉아 있는 사람이 결국 잘할 수밖에 없다며 별 도움이 되지 않는 말이지만 그래도 엉덩이 힘으로 밀어붙였다.

서너 번 주저앉고 깔딱 고개 몇 번 넘고 나서야 겨우 천 장을 썼다. 천 장이 넘어가자 조금씩 속도가 붙고 이천 장이 넘자 가속도가 붙어 하루에 다섯 장 쓰는 날이 있을 만큼 요령도 생겼다. 어깨 근육통을 비롯해 팔꿈치, 손가락에 종종 쥐가 나면 주물러가며. 손녀를 만나러 가는 공항 대합실에서, 전철 안이나 버스를 기다리면서도 썼다. 어느 날은 왠지 모를 서러움에 눈물을 쏟기도 하고, 자신에 대한 분노, 자책, 후회로 화를 내기도 하면서, 마침내 삼천 장을 완성하고 났을 때의 감격은 이루 말할 수 없이 컸다. 종이를 아끼느라 이면지에 쓰고, 집 안에 굴러다니는 볼펜이나 여기저기 부탁해서 모은 백 사십구개의 볼펜이 사용되었다. 시원한 빗줄기가 목말랐던 뿌리를 적시 듯, 삼천 장을 다 쓰고 난 후 소감을 써 내려가는 난 이미 과거의 내가 아니었다.

청춘은 나이가 아닌 마음의 젊음을 지속하는 것, 그래서 도전을 두려워하지 않는 것이다. 무엇보다 가장 큰 성과는 몇 년 동안 중단했던 글쓰기에 재도전한 일이다. 다시 펜을 들 수 있는 용기, 자신을 정면으로 바라보는 용기를 준 일어공부였다.

"하면 되고, 하지 않으면 안 된다. 무슨 일이든 안 되는 것은 사람이 하지 않기 때문이다." (일본 속담) 책상 앞에 붙여 놓고 흐트러질 때마다, 주저앉고 싶을 때마다 그것을 보며 마음을 다잡았다.

글쓰기에도 필사가 있다. 좋은 글을 필사하다보면 나도 모르게 글의 향기에 젖어든다. 글이 안 써질 땐 억지로 쓰기보다 잠시 펜을 멈추고, 쓰고 싶지 않은 그 마음을 본다. 그리고 손에 잡히는 책이나 시집, 아무 곳이나 펼쳐놓고 필사한다. 필사의 중요성에 대해 시인이나 문인들은 이렇게 말한다. 필사는 글쓰기의 밑거름이라고.

혼자 걷는 길은 외롭고 쓸쓸하다. 한 줄의 문장을 위하여 수많은 갈등과 번민이 스쳐간다. 혼자 걷다보면 하늘 아래 묵묵히 걸어가는 누군가를 만난다. 바람을 끌어안아 바람이 되고, 꽃을 끌어안아 꽃이 되는, 길 위에서 만난 이는 아름다운 침묵과 함께 걷는다. 가슴에 담은 빛깔은 달라도 무언가 몰두해 혼신의 힘을 기울이는 모습, 이것이야말로 진정한 아름다움이 아닐까, -못하면 어때, 못하는 게 당연하지. 공부하는 동안 줄곧 외치던 말이, 어둡고 긴 터널을 빠져 나오니 저만치서 손을 흔든다.

"왜 못 해, 하면 되지."

# 견디니까 오더라

개강하는 날이다. 삼개월 만에 열리는 수업인지라 방학 내내 기다리는 시간이 지루했다. 첫 시간은 오리엔테이션, 자기소개를 한다. 오늘은 무슨 말을 할까. 글쓰기는 내게 있어 어떤 것일까.

달리는 버스 안에서 마구 휘갈겨 썼다.

"지나온 세월을 돌아보면 글을 쓰지 않고 살았던 시간이 더 많았고, 글을 쓴지 고작 몇년 밖에 되지 않았지만, 이젠 글이 내 삶의 일부가 되었습니다. 설거지할 때도, 걸레질할 때도 머릿속은 글감을 찾고 있는 자신을 발견합니다. 글을 쓰지 않았을 때 세상은 눈에 보이는 게 전부였습니다. 글을 쓰면서 이제까지 볼 수 없었던 사물의 내면을 보고, 그림자를 보게 되었습니다. 글쓰기는 마치 리모델링 같다는 생각을 합니다. 일상에서 보고, 만지고, 체험하는 것들이 글로 옮겨질 때 기쁨, 슬픔, 외로움… 그건 또 하나의 스토리가 되어 다시 태어납니다. 기쁨은 또 다른 환희로, 슬픔은 더 깊어지고, 두려움은 더 커집니다. 그래서 글을 완성하는 건 불가능하다고 여길 때도 있었습니다. 차츰 햇수를 더해가며 세상의 참모습을 보게 되고, 그래서 더 많이 사랑할 수 있고, 때론 아파도 다가갈 수 있고 껴안을 수 있는 마음의 빈 공간이 조금씩 커지는 걸

느낍니다. 앞으로 남은 삶의 곳곳에서 글을 쓰는 자신을 상상하면 왠지 마음이 놓이고 흐뭇해집니다."

앞에 나가서 말을 하자니 역시 긴장이 되고 떨렸다. 새로 온 사람들 사이로 듬성듬성 낯익은 얼굴들, 초롱초롱한 눈빛에 다소 마음이 차분해졌다. 버스 안에서 직바림한 걸 다 말할 수 없어 아쉬웠지만, 창으로 쏟아지는 봄 햇살이 따스하고 정겨운 시간이었다.

수업이 끝나고 근처 식당에서 뜨끈한 만둣국으로 허기를 채운 우린 찬바람 부는 거리로 나와 찻집에 들어갔다. 어머니를 요양원에 모시고 착잡한 심정을 토로하는 문우의 이야기. 간호하는 사람의 입장을 몰라주는 형제들 간의 심적 갈등, 요양원, 실버 타운, 인지장애, 장애 등급… 그 당시 자주 입에 오르내리던, 익숙하지 않은 단어들이 고막을 파고들었다. 삼년 전, 아버지를 요양원에 보내느냐, 집에서 간병인 두고 모시느냐, 그에 따른 부수적이고 자잘한 일로 새엄마와 딸들의 신경전이 이어졌다. 옥신각신 밀고 당기는 다툼과 불화, 갈등이 한꺼번에 또는 드문드문 우리를 지치게 했다. 결국 아버지를 요양병원에 보내고 눈물을 쏟았던 일, 코로나가 기승을 부리던 때라 면회도 안 되는 상황에서 울먹울먹 가슴 졸이던 일, 처음엔 온순한 양처럼 병원생활에 잘 적응하던 아버지가 차츰 약과 진통제 없이 몇 시간을 버틸 수 없는 지경이 되자 불평과 불만이 쏟아져 나왔다. 불친절한 간병인을 바꿔 달라, 병원을 옮겨 달라, 새엄마가 병원 의사랑 짜고 날 죽이려고 하니 여기서 빨리 꺼내 달라, 온통 두려움과 원망의 볼멘소리… 한밤중에 깨어나 전화통에 매달려 지내던 일, 시도 때도 없이 걸려오는 전화를 받느라 밥이 입에 들어가는지 코로 들어가는지 모르게 덜컹거리던 시간들, 가슴이 미어지는 상심과 고통 속에서도 밥을 먹고, 장을 보고, 요리를 해야 하는 일상과 혼란스런 상황이 겨우 질서를 찾아갈 즈음, 아버지의 고통도 끝이 났다. 육 개월이 육년처럼 느껴지던 암담한 시간도.

아버지를 떠나보내고 나서야 정신이 든 나는 상실을 진정으로 이해하는 것이 고통에서 벗어나는 길임을 알았다. 자신이 느낀 감정을 왜곡시키지 않고 이해하고 받아들이기까지 오랜 시간이 걸렸다. 아버지가 준 사랑의 깊이를 가늠해 보았을 때 내가 느낀 사랑은 터무니없이 작고 초라했다. 나는 늘 모자라서 채울 수 없다며 빈 주머니를 흔들어대곤 했다. 정신이 혼란스런 가운데서도 아버진 가끔 고맙다는 말을 했다. 그 때는 당신의 욕구가 채워진데서 오는 만족감이라 여겼다. 감정 표현에 서툴렀던 아버진 그 한마디에 딸에 대한 사랑을 전하고 싶었을 것이다. 오랜 세월 치유되지 못한 채 가슴에 묻어둔 애증이 그 한마디에 무너지는 순간이었다. 죽음은 상실이 아닌, 삶을 더 아름답게 빛나게 할 수도 있다는 생각이 들자, 삶에서 방치해두고 덮어두었던 것들을 꺼내어 먼지를 털어냈다.

요양원, 실버타운, 과연 우리의 종착역은 여기일까. 어쩌면 자신의 미래가 될지도 모른다는 불안과 막연한 두려움에 착잡해지려는 순간, 달달한 커피와 향긋한 차 한 모금에 위로받는 우리, 비록 몸은 고장 나고 여기 저기 녹슬었지만, 이제 하루를 온전히 살아갈 지혜를 얻을 만큼 성숙해진 걸까. 불확실한 내일이 기다리지만 두려움보다 받아들임의 여유도 생겼다. 저마다 안고 있는 삶의 무게는 달라도 우리는 그 시간을 맘껏 즐겼다.

"지금이 가장 행복해.

이십대로 돌아가라고 하면 싫어.

지금이 내 생의 가장 멋진 황금기야."

카페를 나오자 찬바람이 훅 목덜미를 잡아챈다. 카페 입구, 지나가는 사람의 시선을 끄는 문구에 왠지 가슴이 훈훈해진다.

<견디니까 오더라. 좋은 일, 좋은 인연이>

# 용勇에게 묻다

처음 글을 쓸 때는 설렘 반 걱정 반이었다. 내가 안고 있는 문제가 무엇인지 알면서도 주변을 서성거리기만 했다. 상황을 피하지 말고 정면으로 마주보는 것, 마음먹기가 그토록 어려운 건 왜일까. 첫발을 내디딜 용기가 없어서이다. 쓰겠다고 팔을 걷어붙이는 순간 야속하게 비껴가는 우연, 지금껏 맛보았던 크고 작은 실패, 좌절의 순간이 샤워기의 물줄기처럼 머리 위로 한꺼번에 쏟아졌다. '안 될 거야. 아니 조금만 더 기다려.' 이것을 지금 하지 않아도 되는 이유, 하지 못할 핑계는 언제나 득달같이 튀어나왔다.

용기, 눈에 보이지 않는 이건 어디서 나오는 걸까. 비축해 둘 수도 서랍에 넣어두고 필요할 때 꺼내 쓸 수도 없다. 용기 뒤에서 늘 그림자처럼 따라다니는 의심, 회의. 대낮에는 보이지 않던 요것이 해가 지면 더 커지고 괴물처럼 자라나 일어서려는 나를 주저앉혔다.

"등단한 지 오년이 지났는데, 왜 아직 책을 안 내세요?"
"글쎄요. 아직 여물지 않아서랄까, 아직 때가 아니라고나 할까."
"대부분 등단하고 나면 얼마 안 있어 책을 내던데."
"아직 부족한 게 많아서…"

문학기행으로 호명호수에 갔을 때 빗길을 걸으며 나눈 대화내용이다.

"부럽네요. 나 같으면 다음날로 책을 냈을 텐데." 글쓰기 초심자인 그의 안쓰러움이 억수같이 내리는 빗물처럼 마음을 적셨다.

진정 내게 부족한 건 '쓸 용기'였음을 알아차린 건 그로부터 일 년이 지나서였다.

"난 칠십오세 전에 책 세권 낼 겁니다." 등단 후 책을 내고 두 번째 책을 집필 중인 선배의 눈동자는 생기가 넘쳤다. 계속 망설이기만 하는 내게 안타까움을 전했다.

"작년에 가까운 사람 둘이나 보내고 나니 죽음이 멀지 않다, 내게도 언제든 올 수 있다는 생각을 해요. 내년에도 살아있으리란 보장이 없다. 자꾸 미루다 보면 결국 해낼 수 없다는 말이죠. 그래서 이젠 더 미루지 않기로 했어요."

재능이 있는 후배가 글을 안 쓰고 꽤 오래 정체기에 있는 걸 옆에서 지켜보다, 문득 오랫동안 백지 공포에서 벗어나지 못했던 과거의 일이 떠올랐다. 그리고 후배에게 하고 싶은 말을 끼적였다.

처음부터 잘 쓰려고 하는 욕심을 내려놓는다. 그건 다이어트 한다고 운동 한 번 하고 나서 살이 왜 안 빠지지? 하는 것과 같다. 내 글이 활자로 나오면 자신은 냉정한 관찰자가 되기 어렵다. 그래서 퇴고가 필요하다. 여러 사람의 말을 듣다보면 전혀 생각지 못한 아이디어를 얻을 수도, 스스로 보지 못한 잘못된 습관을 보게 된다. 매끈하고 군더더기 없는 글에서 영감을 얻기도 하지만, 쓰는 일없이 계속 읽기만 하면 눈이 점점 높아지고 상대적으로 자신이 더 초라해진다. 난 언제나 저렇게 쓸 수 있을까 까마득하다. 그런 악순환이 반복되다보면 아예 글을 포기하고 마는 경우를 여러 번 보았다. 그냥 무작정 써야 한다. 잘 쓰려고 하지 말고, 다섯줄이라도 써서 다른 사람이 그걸 읽고 하는 말을 귀담아듣는다. 송곳으로 찌르고 옆구리가 결리는 아픔은, 초심자라면 누구나 피해갈 수 없는 과정이다. 남의 말을 잘 귀담아 듣는 사람이 결국 글을 잘 쓴다는 것도 경험으로 알게 된다.

일기를 써라. 일기는 내가 겪은 일을 재구성하고 표현하는 능력을 키우는 데 많은 도움을 준다. 누구에게 보여주지 않아도 되니 내 맘대로 형식에 구애받지 않고 쓸 수 있다. 자신을 있는 그대로, 민낯으로 볼 수 있는 거울 같은 것이니 백지 공포에서 벗어날 수 있는 지름길이다. 딱 눈 감고 백일 만 일기를 써보라. 백 하루째 되는 날, 자신이 조금 낯선 사람이 되어있을 것이다. 백일을 세 번 넘기고 나면 습관이 되어버려, 이제 쓰지 않고는 베기지 못할 정도로 손가락이 근질거린다. 우린 태어날 때부터 바로 글을 쓰지 않았다. 세상에 이름이 알려진 작가들이 얼마나 오랫동안 무명의 시간을, 그 어둡고 칙칙한 동굴에서 뼈를 깎는 인내와 노력을 하며 몸부림치고 있었는지를.

완벽한 인간이 존재하지 않듯 세상에 완벽한 글은 없다. 우리는 다만 그 완벽하다고 상상하는 곳을 향해 한 발 한 발 다가선다. 나는 한때 자신을 드러낼 수밖에 없는 수필이라는 장르를 혐오하기까지 했다. 한 꺼풀 에고가 벗겨질 때마다 나는 고통스러운데, 그 고통을 즐기고 있는? 사람들과의 이상한 구조(퇴고)를 받아들이기까지 꽤 시간이 필요했다. 어쩌면 내 모습이 드러나면 실망하고 나를 떠날지도 모른다는 두려움이었는지도 모른다. 판도라의 상자를 열면 온갖 고통이 쏟아져 나올 같아, '절대 열지 않을 거야.' 뚜껑을 열자마자 마술처럼 상처, 감정, 그 느낌이 풀려나와 나를 옭아매고 족쇄를 채울 거 같았다. 에고를 벗어 던지고 나서야 타인의 시선으로부터 자유로울 수 있다는 걸 그땐 몰랐다.

지나고 보니, 단조롭고 평범한 일상을 다른 시선으로 보는 것은 어떤 천부적인 재능이 아닌, 누구나 가지고 있는 능력임을 알게 되었다. 자기만의 이야기, 세상에 하나 뿐인 보석 같은 이야기들이 내 안에서 나오기만을 기다리고 있다. 의식 속에 떠다니는 기억의 실마리를 낚아채어 끌어당기는 일, 중독 없이 빠져드는 글쓰기의 매력이 여기에 있지 않을까. 언제나 하지 못할 핑계를 늘어놓던 내가 이제 참을성 있게 입술을 달싹이며 용(勇)에게 묻는다.

"언제 써야 돼?"

"기(氣) 죽지 말고 써, 지금 쓰란 말야!"

# 열어보길 잘했어

서랍을 열었다. 편지지, 스티커, 손목시계, 손거울 등 추억을 불러일으키는 물건이 가지런하다. 딱히 필요한 게 없이 이것저것 만지작거리다 멈칫한다. 빛바랜 봉투 안에 금속이 부딪치며 내는 소리, 봉투를 열었다. 여행가면 쓰일 거라며 아버지가 건네주신 일본 동전이다. 그걸 받았을 땐 '에이, 별거 아니네.' 서랍에 넣어두고 까맣게 잊고 있었다. 무심한 눈으로 보고 있자니 며칠 전부터 영 마음이 개운치 않았던 일, 헛헛한 마음으로 떠나보낸 아픈 인연이 떠올랐다.

거자불추 내자불거(去者不追 來者不拒)
"가는 사람 잡지 말고, 오는 사람 막지 말라."
아직도 나는 이별이 서툴다. 만남과 이별에 대해 곰곰이 캐어묻고 때로 자신에게 화살로 돌아와 비난과 자책으로 이어지기도 한다. 시간이 흘러 알게 된 것은, 세상엔 거부할 수 없는 일, 그악스레 버티어도 내가 막을 수 없는 게 있다는 것이다. 세월을 막을 수 없듯이, 인연이 다하면 멀어지고 새로운 인연이 다가온다. 나이를 먹어도 쉽지 않은 게 사람을 만나고 헤어지는 일이다. 다가오는 인연을 가벼이 받아들이고, 또한 가벼운 마음으로 보내는 것이 인연에 최선을 다하는 것이란 걸. 그러나 가볍다는 말에 실린 무게는 결코 가볍지 않다. 자칫 헤프거나 성의 없이 대하는 태도가 아닌, 인연에 끄달리지 않고 집착하지 않는 것이니 이 또한 어려운 일이다. 어설픈 인연과 참된 인연을 구분하지 못해 불필요하고 소모적인 일에 시간을 낭비한 적도 있으니, 세상은 값비싼 수업료를 치르고 나서야 알게 되는 일도 있나.

언제 떠날지 모르고 언제까지 같이 있을지 모르기에, 소중히 대하고 감사하는 마음, 아침마다 치르는 나만의 의식이 있다. 아들이 출근할 때, 현관 앞까지 따라가서는, 다녀오겠습니다- 돌아서는 아들의 등을 두드려 주며 그래, 잘 다녀 와! 어릴 땐 끌어안고 이마에 뽀뽀를 해주었는데 어른이 되고 나니 왠지 쑥스러워 애틋한 등만 두드려준다. 남편이 출근할 때는 조금 다르다. 마주보고 포옹을 한 다음, 다녀오세요! 하며 손을 흔들어준다. 하루를 넘기지 않는 짧은 이별이지만 어쩌면 이게 마지막이 될 수도 있다는 생각, 생의 마지막 순간에 떠올리는 마지막 모습이 따뜻했으면 하는 바램에서다. 언젠가 교토에서 사온 문수보살 향단지를 청소하다 깨버린 일이 있다. 매일 쓸고 닦고 애지중지하던 물건이라 미련이 꽤 오래 갔다. 물건에 대한 집착이 컸나보다 하며 마음을 내려놓았으나, 그래도 여전히 익숙해지지 않는 이별연습이었다.

손때 묻은 동전을 만져본다. 여기에 잠시 머물다 스쳐간 인연을 생각한다. 시장에서, 편의점에서, 문구점에서… 돌고 돌아 바다건너 내 서랍에 들어앉기까지. 어쩌면 이 동전으로 빵 한 조각을 사고, 꽃 한 송이를 샀을지도 모른다. 추운 날 우동 한 그릇 나눠먹을 수 있는 따스함의 동전, 축 늘어진 어깨를 감싸주는 베풂의 동전, 끌어안거나 내치지 않는 평상심의 동전… 내 마음에도 작은 동전 하나 넣어두고 싶다. 모든 인연은 정해진 시간이 있는 게 아닐까. 가족이든 친구이든 사물이든, 헤어짐에 감사하고 새로이 다가오는 인연을 기쁘게 맞이하는 것, 빈자리도 머지않아 채워지리니 만남과 헤어짐은 둘이 아니요 하나인 것을.

동전에 난 상처를 본다. 세월을 몸에 두르고 드러내지 않은 상처를 안고 사는 우리의 삶도 이렇듯 굴러가리라. 한 줄기 실바람에 몸을 맡긴 채. 동전의 얼룩은 말한다. '미워하지 말고 말없이 보내줘. 너를 힘들게 한 인연일지라도.' 쓱쓱 문대어 지울 수 없는 아픔일지라도 살아있는 모든 것이 소중하다고. 나는 조금 더 둥글어져야겠다.

# 잃어버린 신발

신발을 잃어버렸다. 무중력 상태의 공간에 발을 내미는 순간 신발이 보이지 않는, 여러 번에 걸쳐 같은 꿈을 꾸고 있었다. 어렴풋이 짐작은 가면서도 어디서부터 손을 대야할지 엄두가 나지 않았다. 마주하고 있는 현실이 벽처럼 가로막고 있어 내가 바꿀 수 있는 게 없어보였다. 매일 아침 눈뜨면 밥을 먹고, 그냥저냥 일상은 삐거덕거리면서도 굴러가고, 아이들은 커서 제 앞가림하느라 바쁘고 안팎으로 신경 쓸 일이 산더미였다. 그 와중에도 언뜻언뜻 미래의 모습을 상상하곤 했다. 십 년 후 무엇을 하고 있을까. 내가 원하는 삶을 살고 있을까. 나는 지금 어디를 향해 가는 걸까.

저녁밥을 먹고 일기를 쓰고 있을 때였다. 갑자기 이상한 느낌에 사로잡힌 나는 울기 시작했다. 봇물 터지듯 쏟아지는 눈물에 펜을 내려놓고 방 안을 이리저리 서성거렸다. 어쩌면 고관절 골절로 입원 중인 시어머니가 수술 도중 돌아가실지도 모른다는 생각에 이르자, 그 분과 연관된 모든 일이 주마등처럼 지나갔다. 연애 시절부터 지금까지, 나는 줄곧 며느리의 시선으로 시어머니를 보았고, 그 분의 특이한 성격이나 결함, 못 말리는 고집 등이 내 삶에, 남편과 나 사이에 엷은 막처럼 압박감의 원인이라 여겼다. 그러나 그 날 내가 경험한 느낌이나 감정, 상처는 그게 아니었다. 나로 인해 그 분이 받았을 상처, 상실감이 그대로 나의 심장을 관통했다. 정지된 듯 느리게 흘러가는 시간 속에 시어머니의 고통을 생생히 체험했다. 마치 꿈에서나 일어날 법한 그 고통이 송곳처럼 온 몸의 세포를 찔러댔다. 더욱 놀라운 건 친정 아버지, 남편, 아들, 형제, 누구라도 떠오르는 순간, 그런 일련의 과정이 스크린처럼 지나갔다. 내게 상처 준 사람들, 그들이 나로 인해 겪었을 심적 고통과 번민, 갈등이 그대로 전해졌다. 그림자처럼 따라다니던, 피해자요 방관자요 실패자라 여기던 자신의 실체가 왠지 모를 안도감으로 다가왔다.

서둘러 채비를 하고 집을 나섰다. 차멀미가 날만큼 버스로 전철로 아슬아슬 빙판길을 걸었다. 병원에 도착하니 밤 열한시 이십분. 수술이 진행되는 동안 복도에서 기다렸다. 수술이 끝나고 병실에 도착한 시어머닌 가끔 코를 골다 깨어나곤 했다. 형님에게 양해를 구하고 잠시 밖에서 기다리게 한 후 누워계신 시어머니에게 다가갔다. "어머니, 제가 잘못했어요. 그동안 저 때문에 마음고생 많으셨죠? 어리석은 저를 용서하세요…" "괜찮아. 내 앞에서 울지 마라. 난 진서(큰아들)가 잘해줘서 괜찮아." 어떤 꾸중을 듣더라도 감수할 만큼 마음의 준비를 하고 있었는데, 의외로 그 분의 표정은 온화했다.

병실엔 여덟명의 환자가 있었다. 보조 장비 없인 걷지도 못하고 화장실갈 때도 부축을 받아야 하는 분. 동짓날 빙판길에 넘어져 심하게 다친 분. 안면 홍조가 심한 당뇨 환자. 바람둥이 남편 때문에 마음고생이 많았다는 여자가 구성지게 노래를 부르자 병실 분위기가 무르익었다. 어느새 깨어난 시어머니도 자분자분 이야기 보따리를 풀어놓았다. "시십와서 보니 큰애가 열 디섯살, 작은애가 열 두살. 그 애들이 집안일은 거들지 않고 맨날 동생들 업고 나가선 저녁때나 돌아왔어. 할머니(시어머니)는 늘 한복입고 담배 태우고 마실 나가 술 마시는 게 다였어. 할아버지(남편)는 집에서 놀고. 어떻게 내가 벌어야지. 한 푼 두 푼 모아 일수놀이하고 내 돈 떼먹은 이들 잘되는 사람 못 봤어. 일찍 죽거나 병들어 죽고 공사판에 나가 해지면 돌아왔어…"

한때 불같이 사랑하고, 웃고 싸우고 토라지고, 그렇게 한평생을 살아낸 여자들, 얼마나 많은 눈물, 숱한 설움과 배반을 삼키고 버텨낸 삶인가. 시대가 변하고 문화가 바뀌어도 삶은 그대로였다. "부모한테 못하고 잘 된 사람 못 봤어." 무릎 수술한 여자가 수술 자국을 내려다보며 말했다. "할머닌 복도 많아. 아들, 며느리, 손주까지 들락거리며 간병해주고." 모두 입을 모아 시어머니를 부러워했다. 대부분 딸이 와 있거나 아들은 문병을 와서도 금방 가고 그 자리를 간병인이 대신했다.

고부간의 갈등, 남편, 자식과의 심리전은 늘 답이 없는 질문이었다. 내 앞에 툭 던져놓고 잘 풀거나 말거나 다시 반복되는 문제들은 오래된 축음기에서 흘러나오는 노래처럼 제자리를 헛돌며 다그쳤다. '도망치지 마. 숨을 곳은 그 어디에도 없어. 네가 서 있는 그 자리에서 문제를 풀어야 해.'

잃어버린 시간은 상실과 무력감으로 나의 방랑을 부추겼다. 모든 것은 있는 그대로 제 자리에서 빛나고 있었건만, 시간은 내 안에 경험으로 쌓이고, 상실이 틈을 비집고 들어와 삶을 더 깊이 이해하는 통로가 된다는 것을 잊고 있었다. 문제를 해결할 열쇠, 단절된 세상과의 끈이 내 안에 있음을, 내가 가야할 곳 어울리는 장소가 어딘가에 있음을 암시했던 꿈이었다. 집으로 돌아오는 차안에서 나는, 끌어안고 있던 혼란과 망설임, 의혹과 불신을 차창 밖으로 던져버렸다.

# PART_3

## 오빠 생각

꽃길을 걸었다. 흐드러지게 핀 벚나무 사이로 파란 하늘이 눈부시다. 잠았던 숨을 토해내 듯 부푼 꽃망울에, 깨금발로 발돋움하던 내 청춘의 창이 열린다. 분홍으로 먹빛으로 내달리던 걸음이 모퉁이를 돌자 주춤 멈춰 선다. 저만치 앞서가는 남자의 뒷모습이 어찌 그리 닮았을까. 오빠! 하고 달려가 팔짱을 끼고 싶을 만큼. '오빠는 요즘 어떻게 지내실까.' 잠잠히 내리꽂는 눈부심이 손에 닿을 듯 하다.

내겐 친오빠가 있지만, 어려서부터 병치레가 잦아 큰언니를 제외한 동생들은 가까이 다가가지 못했다. 우리에게 특별한 오빠가 생긴 건 우연이었다. 당시 초등학교에선 국군 장병에게 위문편지를 쓰게 했는데, 그 시간이 되면 책상에 턱을 괴고 몽당연필을 굴리며 고민했다. 편지가 어디로 가는지 관심도 없고, 오로지 선생님이 시키는 일이라 의무적으로 쓰다 보니 상투적인 문구만 늘어놓는 식이었다. 그때 명랑하고 붙임성 있는 언니가 장난삼아 편지 맨 끝에 집 주소를 써 보냈는데 며칠 후 놀랍게도 답장이 왔다. 강원도 산골짝이나 최전방에 있는 군인만 상상하던 우린 경기도 소인이 찍힌 봉투를 보고 실망했지만, 누군가로부터 편지를 받은 것에 흥분한 나머지 터져 나오는 웃음을 참느라 입술을 깨물었다. 그때부터 편지쓰기는 커튼 사이로 살랑대는 바람이 되어 나를 서성거리게 했다.

답장이 자주 오는 오빠의 사연이 내무반에 알려지면서 장병들이 편지를 돌려가며 읽기 시작했다. 요리조리 치대어 길게 늘여 쓰는 나에 비해, 거울에 비쳐봐야 읽을 수 있는 이상한 글씨체로 쓴 언니의 짤막한 편지는 유머와 재치가 넘쳤다. 거울을 앞에 놓고 편지를 읽느라 모여 앉은 군인들의 모습이 선할 정도로, 딸 부잣집 셋째 딸과 펜팔 하는 오빠의 인기는 상상을 초월했다. 은근슬쩍 소개해 달라는 부탁이 줄을 설만큼.

겨울방학이 오고 처음 면회 가는 날 설렘과 기대로 밤잠을 설쳤다. 사진으로 보긴 했어도 군인다운 군인을 보지 못한 우리에겐 큰 모험이 아닐 수 없었다. 찬바람이 몰아치는 김포의 허허벌판은 얼마나 황량하던지, 버스에서 내려 부대까지 한참을 걸으며 괜히 왔나 싶을 정도로 음산한 날씨였다. 드디어 정문 초소를 지나 난로가 있는 면회실에서 오빠를 만났다. 검은 베레모에 까무잡잡한 구릿빛 피부, 빛나는 건 검은 눈동자뿐 하얀 이를 드러내며 웃는 군인을 본 순간 실망스러웠다. 차츰 얘기를 하다 보니 어색함이 사라지고, 투박한 경상도 말씨에 다부진 오빠의 모습은 천진한 소년처럼 순박했다.

몇 년 후 오빠가 김포에서 복무를 마치고 청와대로 옮기자 우리의 만남은 잦아졌다. 광화문에 학교가 있어 중학생이 된 나는 방과 후에 친구들까지 끌고 우르르 몰려갔다. “너희들, 엑스 오빠 보고 싶으면 따라 와.” 친구들의 부러움을 한 몸에 받으면 어깨가 으쓱 올라갔다. 면회 갈 때마다 한 번도 싫은 내색 없이 철없는 요구(빵과 음료수 사주기)와 수다를 들어주며 친동생처럼 귀여워했다. 겨울이 되면 경복궁의 얼어붙은 연못에서 스케이트를 탔다. 엉덩방아를 몇 번 찍고 나서야 먹었던 달콤한 아이스크림, 까르르 터져 나온 웃음소리에 지나가는 행인이 돌아보고, 친구들은 팔짱을 끼고 걷는 내 자리를 탐내곤 했다.

오빠가 친오빠라면 얼마나 좋을까. 아니면 형부가 되는 건 어때? 언니랑 머리를 맞대고 궁리 끝에 큰언니를 소개했다. <여학생>잡지 표지 모델로 나올 만큼 빼어난 외모, 콧대 높은 큰언니에게 직업군인은 별 매력이 없어 보였다. 그래도 성실하고 근면한 오빠의 성품을 인정해 아버지는 집에도 놀러오게 하고 명절에 세배도 올 만큼 허물없이 지냈다. 오빠가 결혼을 하며 변화가 일어났다. 부인이 우리 사이를 의심하기 시작하고 급기야 심하게 다투는 일도 몇 번 있었다. 언니와 내가 결혼하여 가정을 이루고 있는 상태였지만, 부인은 끝까지 자신의 선입견을 바꾸려 하지 않았다. 이성은 어디까지나 이성, 생판 모르는 남녀가 어떻게 형제가 될 수 있느냐, 모든 불륜의 시초는 순수한 마음에서 싹트는 거라며 싸잡아 몰아세우는 부인을 설득하는데 지친 오빠는 가정의 평화를 위해 한 걸음 물러섰다.

오빠가 안면도에 땅을 사서 민박집을 지어놓자, 우리 가족은 여름휴가를 그 곳에서 보냈다. 부모님을 비롯해 형제들, 직장 동료들이 그 곳에서 휴가나 캠프를 즐겼다. 아버지가 폐렴에 걸리자 요양하시라며 방 한 칸을 내주기도 하여 한동안 머물기도 했다. 내가 빵집을 할 때는 하루지난 빵을 한보따리 실어보내기도 하고, 식당 할 땐 창고에 넣어둔 식기와 주방기구들을 보내는 등 우리가 주고받은 살가운 정이 부인에게 인정받지 못하는 게 못내 안타까웠다. 사람의 마음을 움직이는 게 쉬운 일이 아니기에 우린 잠자코 있는 것으로 불편한 마음을 달랬다.

지나고 보면 어떤 만남은 내 생에 한 획을 긋기도 하고, 어떤 만남은 내 안의 상처를 보고 다시 일어날 힘이 된다. 사랑은 한 가지 빛깔일까. 이름 지어진 사랑 앞에 내미는 손은 짐짓 다정하다. 때론 마구 휘저어 소음에 묻혀버린, 이름 지을 수 없기에 진실에서 멀어지는 사랑도 있다. 말할 수 없을 때 침묵하라고 했던가. 불온한 딱지를 붙인다 해도 온전히 내맡겼던 그때의 감정이 사라지지 않듯, 사랑은 저마다 다른 빛깔로 존재하는 게 아닐까. 풋풋하니 엉킨 가슴에 오빠는 마냥 매달려 어리광부리고 싶은 버팀목이었다. 수줍게 꽃말 열리어 내 청춘을 빛나게 했던, 혈육보다 더 귀한 인연으로 다가왔던 오빠.

기다린다. 사랑은 겨울 문턱 너머 꽃등 달고 봄이 온다는걸 알기에.

# 글밭

우리는 왜 떠나고 싶은 걸까. 고단한 몸을 누일 안식처, 돌아올 곳이 없다면 떠날 마음도 생기지 않으리라. 일주일에 한 번 나는 여행을 한다. 문우들과 함께 허기진 배를 채우고 <차밭>으로 몰려간다. 그 카페가 나의 여행지다. 그 곳에 가면 꾸역꾸역 구겨 넣었던 매듭을 풀어내고, 아무렇게나 걸쳐 두었던 불안, 뾰족한 마음을 덜어낸다.

"만약 천 만 원이 생긴다면 무엇을 하고 싶은가?"라고 물었다. 제주도 한 달 살이. 섬을 전세 내어 살아보기, 딸내미 대학원 학비 보태기, 북유럽 여행, 무작정 떠나기, 주식투자, 쌈짓돈에 찔러 넣기, 오헨로 길 걸어보기… 옹기종기 둘러앉은 우리들의 바람 가운데 가장 많은 게 여행이었다.

당장이라도 캐리어를 끌고 낯 선 곳에 서고 싶은 마음, 여행을 떠날 수 없는 내게 그림은 작은 위안이었다. 산과 들, 꽃과 나무를 그리며 계절을 상상하고, 그 곳을 지나쳤을 바람과 햇살을 그리워했다. 강마른 도시의 아스팔트에서 시간은 천천히 흘렀다. 서툴고 거친 붓질로, 되는대로 그어대는 펜으로 바다 한가운데 뛰어들어 반나절이 지나서야 돌아왔다. 이따금 삐꺽거리는 의자에 앉아 생각에 사로잡히고, 닿을 수 없는 그리움에 물결로 저물기도 하면서. 안개처럼 모호한 회색의 날들, 나만 앞으로 나아가지 않는 것 같은 불안과 뒤엉킴의 시간이었다.

어느 곳에서 어떤 시간을 살았든 여행지에서 느끼는 낯선 향기만큼 새롭지 않다. 카페 문을 밀고 들어설 때 훅 끼치는 실내 향이 반갑고, 흐르는 음악, 떠다니는 공기에 찻잔 부딪치는 소리가 섞이면 말과 말 사이의 침묵이 사붓이 다가온다. 이유 없이 수다를 떨고 싶을 때 라떼 한 잔에 헝클어진 마음이 가라앉고, 투박한 옹기에 담뿍 담아내는 대추차를 비우고 나면 얼기설기 마음의 빈자리가 채워진다. 사람들과 어울리고 돌아오는 차 안에서 슬며시 다가앉는 고독. 우리에게 헤어짐이 없다면 그 또한 지루하지 않을까. 헤어짐이 있기에 만남은 더 없이 소중하고 따습다.

그 날이 그 날 같은 건조한 일상에 우연을 기대하고 낯설음을 받아들인 건 여행의 매력에 푹 빠지고서였다. 차밭에서 웃음밭이 되고, 웃음밭에서 글밭이 되는  우리의 만남은 늘 새롭다. 선택의 기회가 적어지는 나이가 되어서야 알았다. 온전히 나로 살아감에 의미를 두고 싶은 날은, 코끝에 박히는 여행지의 날 것의 냄새를 그리워한다.

기억은 잊히지만 순간은 추억이 되는 걸까. 낯선 이에게 자리를 내어주는 여행은 마음을 사로잡는 이국적인 풍광 없이도 흥미롭다. 누군가의 이야기에 귀를 기울이고, 상대의 경험이 내 안으로 들어와 새로운 경험이 되는, 여기에 여행의 묘미가 있지 않을까. 어긋나는 일상의 여백을 채우고, 진심어린 말 한 마디에, 다정한 눈빛에 누군가를 떠올리는 시간. 그렇게 한참을 머물러도 좋을 '설렘'으로 다가오는 금요일의 여행이다.

꽃잎처럼 수줍게 여는 아침, 달막이는 내 마음에 칸이 넉넉한 수첩을 끼고 집을 나선다.

# 숲에 안기다

기다렸다. 누군가 날 부르고 있을 거 같아 창가를 서성거렸다. 가지에 사뿐 내려앉은 새가 깃털을 고를 때 나도 덩달아 가슴이 뛰었다. 꿈은 후박꽃 향기처럼 스며드는 걸까. 조각난 꿈을 맞춰 보며 눈물 자욱 지워 낸 일도 나무 밑이요, 새벽달 보며 달뜬 마음 추스른 것도 나무 아래서 였다.

언제부터일까. 나무는 더 이상 나를 품지 않았다. 그 즈음 한 사람을 만났다. 우린 서로의 알맞은 온도를 알았고 그 시간이 하나 둘 쌓이고 여물었다. 그리고 서로의 나무가 되고 그늘이 되어주기를 다짐 했다. 준비 없이 부모가 되고부터 일어날 법만 일이 우리에게도 왔다. 육아와 살림, 직장일은 나를 지치게 하고 숨 막히게 했다. 차츰 마주보는 시간보다 등을 보이는 시간이 늘고, 그늘이 없어진 땡볕에 서서 손바닥으로 하늘을 가리는 눈매가 시글시글 했다. 해가 갈수록 엄마의 슬픔이 내게 다가와 안절부절 했다. 다정하게 매만지는 딸도 없이 홀로 마음을 다잡고 살았던 엄마의 삶을 닮고 있는 나, 실린 무게가 다르다 해도 구겨 넣은 시간들이 자신을 들쑤셔댔다.

"양구에서 한계령 넘어갈 때 그 노래 있잖아, <한계령> 가사가 사무치게 다가오거든." 세계 곳곳을 여행했다던 문우가 국내 여행담을 이어가던 중 흘린 말이다. 그 말을 듣는 순간 가슴이 먹먹해졌다. "저 산은 내게 오지 마라 오지 마라 하고, 발아래 계곡 첩첩산중…" 한 때 이 노래를 들으며 걷고 또 걸었다. 포기하고 받아들이느냐, 부딪치고 금이 가느냐 나의 선택은 어중간한 상태로 갈팡질팡했다. 철퍼덕 풀숲에 주저앉아 어깨를 들썩이며 모로 선 마음을 깎아내느라 기진맥진했다. 난 데 없이 뺨맞고 어정쩡할 때, 나는 숲으로 달려갔다.

누군가 산다는 건 이런 거야, 라며 귀뜸해 주지도 않고, 눈 깜짝할 사이 일이 터지고 나면 수습하느라 허둥대면서도 그 원인을 알지 못했다. 뻔한 이유로 제 속을 열고도 우린 뿌리처럼 엉키다 잠잠해지곤 했다. 으르렁대는 싸움이 멈추고, 날선 감정을 배꼬는 일도 차츰 줄어들었다. 내가 병으로 쓰러지기 전까지. 생의 나락으로 처박히고 나서야 자신의 모습을 찬찬이 뜯어 볼 수 있었다. 상처투성이인 내 안을 들여다보았다. 무수한 시선이 들어앉아 여기저기 눌러 붙은 얼룩이 껌 딱지처럼 새카맸다. 얼룩을 지우려면 무엇이 필요할까. 자신을 변화시키지 않고는 아무것도 바꿀 수 없다는 걸 배우는, 길고 지루한 시간이 기다리고 있었다.

여름에도 한기를 느낄 만큼 안개 자욱한 아침, 산길을 걷고 있을 때였다. 벤치에 앉아있던 남자가 갑자기 앞으로 고꾸라졌다. 서둘러 다가갔을 때 흙바닥에 쓰러진 남자의 입에서 거품이 나오고 있었다. 너무 당황한 나머지 지나가는 여자에게 도움을 청했다. 집에 두고 온 휴대폰을 빌려 119에 신고하고 산비탈을 뛰어 내려갔다. 구급대원에게 내 위치를 알리며 가야 했기에 발이 허공을 달리고 숨이 차올라 심장이 터실 듯 아팠다. 심폐소생술을 시도했지만 결국 남자는 숨을 거두고 말았다. 들것에 실려 가는 남자의 한쪽 팔이 모포 밖으로 나왔다. 초록 잎 사이로 희멀건 맨살이 출렁거리는, 생의 마지막이 저리도 쓸쓸할까. 부르르 온 몸이 떨렸다. 내가 좀 더 빨리 달렸더라면 그 남자를 살릴 수 있었을까. 긴급한 상황에서 할 수 있는 게 아무것도 없다는 게 화가 났다. 불현듯 그의 죽음은, 날카로운 물음이 되어 삶의 한 귀퉁이를 쓱 베어내고 지나갔다.

태풍 곤파스가 온 세상을 덮쳤을 때 보았다. 하늘을 향해 거꾸로 처박혀 꺾이고 쓰러진 나무와 나뒹구는 잎들, 뿌리의 잔해는 전쟁터의 폐허 같았다. 굵고 단단한 밑동이 뿌리째 뽑히고, 산발하고 엉킨 나무들로 길이 사라졌다. 그 옆에 가늘고 연약한 나무가 제 몸을 간신히 지탱하고 있는 모습이 살면서 내게 왔던 아픔과 상처를 보는 듯 했다. 시간이 흐르며 숲이 제자리를 찾아가듯, 언젠가 내 상처도 삶을 기름지게 할 부엽토가 된다는 걸 나중에서야 알았다. 쓰러진 나무에 걸터앉아 수첩을 꺼내 몇 자 적고 있을 때 서걱대는 바람이 지나갔다.

아픈 나를 안아주는 숲에 서면 가쁜 숨을 부려놓는다. 기죽지 말고 다시 세상에 내려가 살라 한다. 혼자서 가는 길이라도 혼자가 아니라며 등 떠밀어 준다. 채우느라 버거운 일상에 덜어내야 할 게 무엇인지를, 숲은 말한다. 막 울음이라도 터트릴 것 같은 날은 어깨 토닥이며 아물지 않은 상처를 보듬어준다.

무심히 지나온 기억 어디쯤 눈이 오면 아이젠을 차고 산에 오르는 내가 있다. 겨울산은 아름답다. 발이 푹푹 빠지는 눈을 밟으면 이대로 죽어도 좋을 만큼 행복하다. 눈길을 걸으며 묻는다. 지금 나는 어떤 몸으로 살고 있는가? 앙칼지게 따라온 불안이 더는 그렇게 살지 않으리라 도리질한다. 한 번쯤 폭설에 갇히고 싶다, 내 의지대로 생의 한계를 그을 수만 있다면, 이런 발칙한 상상도 하면서. "사방이 온통 흰 것뿐인 동화의 나라에/ 발이 아니라 운명이 묶였으면/ 아름다운 한계령에 기꺼이 묶여/ 난생처음 짧은 축복에 몸 둘 바를 모르리" <한계령을 위한 연가>

생의 어느 한 순간도 사랑 없이 살지 않았다. 이걸 받아들이기까지 해묵은 찌꺼기를 걸려내는 건 쉽지 않았다. 지울 수 없는 얼룩을 아름다운 무늬로 바꾸어 놓는 내 삶의 가치와 의미는 내 생각만큼 자란다. 어둠을 밀어내고 새벽이 오는 것처럼, 아픔이 없었더라면 몰랐을 치유의 기쁨이, 벅찬 일렁임이 온 몸을 휘감는다. 이제 맥 놓고 망연히 창가에 머물지 않는 나, 이마를 가르는 바람 저으며 숲으로 간다.

# 발가락은 안녕하신가요

“어, 발가락 양말이다.” 주위의 시선이 내 양말로 쏟아졌다.

“발가락 양말을 신는 사람과는 사귀지 말라는 얘길 어디선가 들은 거 같은데..”

“왜요? 저 무좀 없거든요.”

“성격이 특이하다는 말이죠.”

여기저기서 우스갯소리가 터져 나오고 김 선생이 한 마디 거들었다. 한 유명 작가가 남편의 장례를 치르고 있을 때, 조문객의 발가락 양말을 보고 삐져나오는 웃음을 참느라 혼이 났다는 이야기다. 마음은 울고 있어도 양말을 보고 웃을 수 있는 여유, 내게도 그런 기특함이 있을까. 발가락 양말은 무좀이나 발 냄새를 가리기 위한 은폐물 정도로 여기던 때가 내게도 있었다.

정말 싹둑 잘라버리고 싶을 만큼 아팠다. 풍선처럼 부풀어 오른 발가락이 아파 이빨 사이로 신음이 새어나왔다. 나의 왼발은 오른발보다 조금 작은 짝짝이다. 새로 산 등산화를 한 치수 큰 걸 고른 게 화근이었다. 신발 끈을 조여도 자꾸 미끄러지고 헤엄칠 정도로 발이 헛돌았다. 등산을 오래 하다 보니 오른쪽 약지 발가락에 문제가 생기기 시작했다. 처음엔 물집을 터뜨리고 굳은살을 잘라 주었지만 얼마 지나지 않아 다시 생기곤 했다. 궁리 끝에 양말을 바꿔 신었더니 차츰 증세가 나아지고 발끝에 닿는 감각이 되살아났다. 빼딱하니 눈을 흘기던 발가락 양말은 그렇게 내게 왔다.

발은 내 삶을 닮아간다. 제대로 빛도 못 본체 뭉그적대는 나는, 눈부신 햇살 아래 튕겨지듯 거리를 쏘다니고 싶었나. 결핍이 주는 불행은 그 결핍이 해결되면 행복으로 바뀔 수 있다지만, 나의 결핍은 발뒤꿈치 때처럼 더께로 눌러 앉았다. 발에 맞지 않는 신발을 신은 것처럼 그림수업은 처음부터 삐거덕거렸다. H시로 이사오고 부터 걸어 다닐 일이 많아졌다. 그 땐 지하철이 개통되기 전이라 볼 일이라도 생기면 서울 가는 길이 여간 어려운 게 아니었다. 더구나 그림 도구로 불룩한 무거운 가방을 들고 다녀야 했기에 저녁 무렵이 되면 발은 퉁퉁 부어오르기 일쑤였다. 출퇴근 시간의 지옥철에서 압사당하기 직전 문이 열릴 때의 안도감, 다부지지 못한 몸으로 추위와 배고픔을 견디며 오가는 길은 고되고 힘들었다.

동네 문화센터에서 배우는 걸로 만족할 수 없었던 난 지도자를 양성하는 전문가를 수소문했다. 포크 아트(장식 미술)의 대가를 찾아 왕복 다섯 시간이 넘는 화실을 오가는 극성에 남편은 혀를 내둘렀다. 안하면 되는 것을, 집에 있으면 이 고생 안 해도 되는 것을 왜 사서 고생 하냐며 핀잔을 듣지만, 그거라도 안하면 낙오자로 밀려날 거 같아 조바심이 났다. 그림을 그리기 시작하면 시간 가는 줄 모르고 빠져들었다. 가끔 밥이 타서 누룽지를 먹거나 냄비바닥이 눌러 붙어 벅벅 솔로 문지르거나. 어쩌다 자기 연민에 풀이 죽다가도 시작했으니 끝을 봐야한다는 못 말리는 고집불통이라, 훗날 공방을 차린다 해도 벌이도 시원찮은 걸 물고 늘어지는 머릿속은 늘 먹통이었다. 엎치락뒤치락 숱한 세월이 흘러버린 어느 날, 발가락의 굳은살을 벗겨내던 중 뒤통수를 후려치는 한마디에 머리카락이 쭈뼛 일어섰다. '그림은 나의 길이 아니다.'

내가 하고 싶은 일과 하지 않으면 안 되는 운명적인 일은 같지 않다는 걸 오랜 시행착오를 겪고 나서 알아차렸다. 돌아보면 그림을 가르치는 선생이나 수강생들과의 유대가 거의 없이, 나약함의 껍질을 뒤집어쓰고 들어앉은 나는 요지부동이었다. 포크아트를 그만두고 여러 과목의 다른 그림을 배우면서 결국 한 사람을 만난 게 종지부를 찍는 계기가 되었으니, 인연은 다른 곳에서 나를 기다리고 있었던 게 아닐까. 당시 선생은 이름이 알려지고 전시회도 매년 열만큼 앞장서 달렸지만 그 열성으로 인해 상처받는 일이 많았다. 그림에 대한 회의마저 일어날 만큼, 아름다운 그림을 그리는 손과 내면의 이중성에 대해 자문하지 않을 수 없었다. 어쩌면 선생의 이중성은 나의 내면이기도 했다. 나도 언젠가 그 위치에 올라서면 그렇게 되지 않으리라 장담할 수 없었다. 발뒤꿈치 보듯 내리깔던 시선을 거두고 내게 다가와 이끌어 주려고 했을 땐 이미 마음의 공백이 커진 상태였다. 선생의 만류와 설득을 뒤로 하고 그만 둘 때는 그렁그렁 귓불이 뜨끈해졌다. 시도 때도 없이 비죽 올라오는 아픔은 덧칠한 나를 긁어내고, 할 수 있는 게 무엇인지를 내밀었다. 머리도 식힐 겸 데면데면 글쓰기 강좌에 들어간 게 그 즈음이었다. 맨얼굴로 종이에 끼적이는 생각들, 응어리진 마음을 토해내는 글쓰기에 엉킨 실타래가 서서히 풀렸다.

무엇이 되려고 애쓰기보다 어떻게 살아야하는지를 자신에게 묻는다. 세상이 내게 들어와 가쁜 숨이 잦아들기를 기다려, 휘적거릴 때면 나도 모르게 발가락에 힘을 준다. 무심히 되감기는 시간 속에 헤집고 들어온 인연일지라도, 내게 다가온 인연과 떠나간 인연에 감사한다. 미욱스레 얼룩진 나날, 부대끼며 다독이며 가야 할 일상이 있어 함께 걸어 갈 나의 발가락이, 하얗게 웃는다.

"느린 것은 두렵지 않으나, 멈추어 서는 것은 두렵다."

-시인 정호승

# 한 장의 흑백사진

만남은 늘 설레게 한다. 신록이 푸른 오월, 우리가 떠나는 문학 기행은 군산이다. 처음 만나는 도시, 군산은 어떤 모습일까. 여행에 대한 기대로 잠을 설쳤다. 서둘러 채비를 하고 집을 나섰다. 오늘은 한 번에 갈 수 있을까. 길치인 내가 단 번에 목적지에 갈 수 있는 가능성은 제로지만, 가벼운 걸음으로 영등포역에 도착했다. 아니나 다를까, 기차를 타러 가는 길에서부터 길치의 방랑은 시작되었다. 올라가서 2층이오, 내려가서 돌아가시오. 물어보는 사람마다 다른 통로를 이리저리 헤매다 겨우 도착한 출입구에서 한숨 돌리고 나니 또 모르겠다. 열차 플랫폼으로 가는 길을 몰라 한참을 서성대고 나서야 겨우 인솔자를 만났다.

여덟시 사십팔 분. 영등포역을 출발한 기차는 햇살로 반짝이는 들판을 지나고, 물 댄 논을 쏜살같이 가로질렀다. 수원역에서 탑승한 김 선생과 일행 세 명은 객차에 마련된 카페로 갔다. "지금 아니면 안 되잖아." 이야기 도중 선생이 흘린 말이 쿡 옆구리를 찌른다. 시간을 쫓기만 하는 내게 있어 '지금'은 꽁지를 잘라내고 달아나는 도마뱀처럼 내빼기 일쑤다. 목을 길게 빼고 조바심내도 현실은 늘 깨지기 쉽고, 잡다한 모순을 안고 우연을 가장한다. 지금

하지 않아도 되는 핑계 한두개쯤은 얼마든지 내밀 수 있다. 나중에 해도 돼, 하지만 인생에서 나중은 없다. 여행도 그렇지 않은가. 애들 크고 나면, 살림이 좀 넉넉해지면… 미루고 미루다 시간과 경제적 여유가 생기고 나면 몸이 아파 갈 수 없는 지경이 되고 만다.

살아온 시간과 경험은 달라도 우린 한 열차에 몸을 싣고 있다. 차창 밖으로 펼쳐진 넉넉한 마을 풍경. 줄지어 선 가로수, 보고 또 봐도 질리지 않는 하늘과 구름이 함께 달린다. 넓은 창 가득 안기는 풍경을 눈에 담고 귀를 열었다. 우리의 지금은 <금빛 열차>이다. 몇 시간 전만 해도 집에서 지하철 승강장에서 헤매던 내가 객차 한 테이블을 차지하고 있다는 건 수많은 우연과 선택의 결과 아닌가. 무료함과 번잡함의 연속인 일상에서 벗어나 혼자가 아닌, 우리의 장소에서 나는 어떤 존재일까.

군산역에 내려 잠시 숨을 고르고 느릿느릿 걷는다. 낮은 담장과 오밀조밀 어깨를 기댄 상점들, 어릴 적 눈에 익은 동네 골목을 연상케 하는 거리를 걷다보니, <8월의 크리스마스> 촬영지인 초원사진관 앞에 와 있다. 허름하고 작은 공간에서 영화의 필름은 시간을 거슬러 돌고 있다. "내 기억속의 무수한 사진들처럼 사랑은 언젠가 추억으로 그친다는 것을 난 알고 있었습니다. 하지만 당신만은 추억이 되질 않았습니다. 사랑을 간직한 채 떠날 수 있게 해준 당신께 고마움을 전합니다."(영화의 주인공 정원의 독백)

빛바랜 필름처럼 저마다 애틋한 사연을 안고 추억을 만들어 돌아가는, 잠시 길을 잃어도 좋을 그 곳에 나를 남겨두고 거리로 나왔다. 골목을 기웃거리며 찾아간 사진관에서 우린 카메라 앞에 나란히 모였다. 열 명의 행복, 열 배의 기쁨, 열 가지 포즈과 함박웃음… 순간이 영원이 되는 사진 속에서 우리는 하나였다. "이 세상에서 가장 중요한 때는 바로 지금이요, 가장 필요한 사람은 지금 내가 만나는 사람, 가장 중요한 일은 바로 내 옆에 있는 사람에게 선善을 행하는 일이다." 문득 톨스토이의 말이 생각났다.

전주 한옥마을에서 과거로의 시간여행을 한 다음, 시장에 들러 먹거리를 사고 익산역에 도착했다. 빠듯한 일정에 한가로이 볼 수 없는 아쉬움을 뒤로 하고 귀경 열차에 몸을 실었다. 벅찬 감동보다는 평범함으로 채우는 순간순간들이 참 편안했던 시간이었다. 근대 역사박물관 앞 공원 벤치에서 터뜨린 샴페인과 함께 팡 터지던 웃음, 빼놓을 수 없는 야외 수업, 열차 짐칸(자전거 보관실)에서 먹던 막걸리와 게 눈 감추듯 먹어치운 게 튀김의 환상조합은 낮과는 다른 열기로 감흥에 젖어들게 했다. 밥 때를 놓쳐 승강장 쓰레기통 옆에서 쩝쩝 입맛을 다셔가며 먹던 새우튀김, 흔들리는 열차 안에서 먹던 구운 계란, 막대사탕… 하루 동안 일어났던 크고 작은 해프닝과 배탈로 인해 맞닥뜨린 예기치 못한 돌발 상황에 주춤거리기도 하면서, 역시나 여행은 계획대로 되는 게 아니지만 어쩌면 이런 게 여행의 참맛이 아닐까.

차창 밖으로 어둠이 내리고 객차의 소음도 잦아들었다. 고단한 하루를 보내고 지친 몸을 깊숙이 의자에 묻고 있는 사람들이 자기만의 안식처로 돌아가고, 우린 저마다 한 장의 흑백사진을 손에 들었다. "먼 훗날 삼십년 후? 이 사진을 보면 가슴이 찡할지도 몰라요, 어쩌면 눈물이 나올지도." "왜요?" " 내가 만약 그 때까지 살아있다면 이 사진을 보며 만날 수 없는 사람을 그리워할 테니까요." 후끈 가슴팍으로 달려드는 울적한 마음이 레일 위를 달린다. 모르니까 궁금하지만 모르기에 편한 게 미래가 아닐까. 어둠에 묻혀 무채색으로 물들어가는 우리의 시간도 어느새 흑백사진 속으로 들어가 앉았다. 나도 언젠가 생의 마지막 편지에 이런 글 한 줄쯤은 남길 수 있으리라.

"목요일부터 내 가슴은 설렘으로 콩닥거리고, 금요일이면 버스에서부터 다시 출렁거려 다리는 붕붕 떠다녔지요. 세상을 다 품고 있는 듯 그 곳, 우리의 배움터를 향해 가는 발걸음은 늘 가벼웠습니다. 누구처럼 되려 하기보다 온전히 자신으로 살았던 우리, 당신은 얼마나 빛나고 아름다웠는지 모릅니다. 눈으로 별을 좇고, 사랑을 담뿍 안았던 당신은 지금, 어디에서 어떤 시간을 살고 있습니까. 그 땐 너무 흔해서 당연한 줄 알았던 그 미소, 그 목소리가 참 그립습니다. 사랑에 취하고 추억을 간직한 채 떠날 수 있게 해준 벗들에게 고마움을 전합니다, 사랑하는 문우들이여!"

# 노라고 말할 수 있는 용기

여행에서 돌아온 어느 날, 남편이 물었다. "우리 거기 가서 여생을 보낼까? 거기선 시간이 느릿느릿 가서 천천히 나이를 먹을 거 같은데…" 칠일간의 일본 여행에서 가장 인상에 남는 건 쿄토 청수사, 고베 미술관, 아오지 섬 등 관광지가 아닌 동네 산책이었다.

아들이 그곳에 집을 짓고 산지 삼 년째다. 삼백여가구가 사는 동네에 편의점이 하나뿐이지만, 근처에 대형 쇼핑몰이 있어 생활하기에 불편함이 없다. 야트막한 산자락을 끼고 학교, 자전거길, 공원 등 깨끗한 공기, 맑은 햇살로 반짝이는 골목길을 걷고 있자니 어린 시절 소꿉장난하던 친구들의 웃음소리가 들리는 듯 추억에 젖어들었다. 넓은 공원에선 모래장난, 팽이 돌리기 게임 등 놀이에 열중하는 아이들의 얼굴이 천진했다. 한 때 발품 팔아 찾아다니던 전원주택의 이상형처럼, 우리가 원하던 모든 조건이 그 곳에 있었다. 혐오시설이나 산업단지도 없이 넓고 쾌적한 산책로, 잘 가꾸어 정돈된 정원수, 집집마다 담장을 수놓은 탐스러운 수국, 측백나무, 남천, 작약 등 이름 모를 꽃들이 만발한 정원이 눈을 끌었다. 이웃 간의 시비를 일으키는 주차난도 없이 낯선 이방인인 내게 인사를 건네는 다정함과 보행자를 보면 우선 멈춰서는 운전자의 배려, 넘치지 않은 상냥함, 우리가 그토록 바라던 이상적인 전원마을이었다.

"거기가 한국이라면 모를까. 가고 싶지 않아요." 실망을 감추지 못하는 남편의 얼굴에 서운함이 비쳤다. "가고 싶으면 혼자 가요. 난 여기서 살 거에요." 깔끄러운 모래를 씹은 듯 미간을 찡그리는 남편의 시선을 피하지 않고 한 마디 덧붙였다. "내 인생에서 정말 하고 싶은 일을 이제 겨우 찾았는데, 이걸 다 두고 갈 순 없어요. 이렇게 되기까지 얼마나 오랜 시간이 걸렸는데. 거기 가면 모든 걸 새로 시작해야 하고, 친구도 없이  집 안에 틀어박히면, 우울증에 걸리고 말거에요." 생각지도 못한 당돌함에 스스로 놀라면서 말에 실린 무게를 헤아렸다.

"참을 인(忍) 자 셋이면 살인도 면한다," 생전의 어머니가 어린 딸에게 말할 때 그 말에 담긴 의미가 무엇인지 상상할 수 없었다. 험난한 세상을 헤쳐 가며 이리저리 치대고 넘어질 때마다 나는, 일생을 희생과 인내로 살아온 어머니를 생각하며 다시 일어섰다. 인내는, 혼란과 절망과 슬픔을 안고 나를 흔들어대는 가장 힘든 배움이었다. 타인을 용서하는 것도 인내요, 부숴버리고 싶을 만큼 미운 자신을 용서하는 것도 인내였다. 오랜 투병으로 인해 몸과 마음이 지칠 대로 지친 내게 용기를 불어넣어준, 이 모든 게 언젠가 끝날 거라는 희망과 믿음을 준 것도 인내였다. 그러나 배움의 과정에서 뒤따르는 또 다른 숙제는, 자신을 혹독하게 몰아세우고 무조건 견디기를 강요하는 무모함이었다. 이에 대한 해결책도 자신의 몫이 되어, 바꿀 수 있는 걸 바꾸는 용기와 바꿀 수 없는 것을 이해하는 법도 배워야 했다.

자신을 낮추고 타인에게 베푸는 자의적 복종이나 호의는 밖이 아닌 가정에서도 일어났다. 착하게 살아야 한다, 여자는 가족이 먼저다, 어릴 적부터 귀에 못이 박히도록 들어 고개를 절레절레 흔들면서도 소금물에 푹 잠겨있는 나를 꺼낼 엄두도 내지 못했다. 착하게 살아야 한다는 건 그런 의미가 아니었음을 막다른 골목에 들어서고야 뒤늦게 알았다. 남편이 이런저런 계획을 내세우며 집 안에 틀어박혀 있을 때도 질끈 눈을 감았다. 마누라 잔소리 땜에 직장에 사표를 내고도 말 못하는 남자들의 사연을 들을 때면 '난 달라. 착한 아내니까.' 속에서 올라오는 불평과 분노를 깊숙이 밀어 넣었다. 그러나 인내심이 바닥을 드러내고 이빨을 갈아대기에 이르자, 내 몸도 차츰 고통을 호소하기 시작했다.

인내라는 미덕이 자신을 갉아먹고 망가뜨린다면, 그게 진정 내가 바라는 삶일까. 주변 사람들에게 인정받고 사랑받는 인간이 되려고 애를 썼지만 돌아온 건 자존감 박탈이었다. 아무도 나의 선택을 강요하지 않았다 해도 매번 스스로를 다그치면서 견뎌냈다. 나라고 살면서 착한 일만 했을까. 지난날 직장에서의 스트레스와 고단함을 술로 달래던 시절이 있었다. 술의 힘을 빌려 남편 가슴에 대못을 박아 상처를 덧나게도 하고, 잠자는 뒤통수에 대고 저주를 퍼붓거나, 더 많은 것을 추구하다 돌부리에 걸려 나자빠지기도 했다. 삶이 균형을 잃고 금이 가기 시작하면 변화의 조짐이 곳곳에서 일어난다. 자신이 틀어쥐고 놓지 못하는 유리조각이 손바닥을 찌르고 나서야 알아차렸다. 나의 선택이 잘못된 것인지 아닌지 몸이 말해준다.

"너무 심각하게 살지 말아, 인생을 즐겨라." 이따금 언니가 던지는 말을 한 귀로 흘려버리던 나였다. 언제나 무언가를 시작하고 결과물이 있어야 만족하는, 스스로 설정해 놓은 채널에 고정시키고 마는 자신을 바로 보기까지 오랜 세월이 흘렀다. 마침내 내 그림자와의 싸움을 그만두고 밖으로 나왔을 때, 마음의 문을 닫고 사는 동안 알지 못했던 일들이 내게 다가왔다. 같은 취미를 가진 사람들과의 만남은 결과에 집착하지 않고 즐기는 게 무엇인지를, 늘 혼자인 것에 익숙해진 내게 관계의 소중함을 일깨워 주었다. 수다를 떨고, 한바탕 농담을 풀어내고, 미술관에 가고, 조각품 사이를 걸어 다니며… 너무 심각하게 사느라 잊어버리고 말았던 즐거움을 되찾고, 최악의 상황에서도 자신을 구석으로 몰아넣지 않고, 진정 자신이 배경이 아닌 삶의 중심으로 끌어다 놓는 법을 익히는 중이다. 이제 아바의 <댄싱 퀸>을 들으며 신나게 몸을 흔들고, 울적하고 속이 뒤틀리는 느낌일 때 초콜릿을 먹고, 달콤한 게

으름에 빠져 아무 일도 않고 있는 자신을 탓하지 않는다. '괜찮아, 하고 싶은 대로 해.'

## 생각하지 말고 그냥 써라

"선배의 말을 듣고 보니 등단하고 싶은 생각이 사라졌어요." 등단 이후, 두려움과 더 잘 써야지 하는 강박증으로 몇 년간 글을 쓰지 못하고 도망 다니던 나의 경험을 듣고 후배가 한 말이다. 그리고 얼마 지나지 않아 마주친 후배는 이런 말로 복잡한 심경을 토해냈다. "글쓰기가 점점 두려워지네요." 다른 사람의 글을 읽고 호되게 비평하고 쳐내는 퇴고 과정을 지켜 본 것이다.

아침에 일어나 밥 먹고 커피마시고 친구 만나 수다 떨고… 평범한 일상이 어떻게 글감이 될 수 있을까. 아무 일도 일어나지 않는 그저 그런 날들의 연속인 내가 무엇을 쓸 수 있을까. 처음 글을 쓰기 시작했을 때 막막하다 못해 한심할 정도였다. 종일 집에만 있는 내게 글감을 찾는 일은 모래에서 진주 찾는 일처럼 불가능해 보였다. 어느 비오는 아침, 산에도 가지 못하고 물끄러미 창밖을 내다보던 내 귀에 소리가 들리기 시작했다. 빗방울이 나뭇잎을 적시는 소리였다. 아파트에서 산 후 빗소리를 듣지 못하던 내게 그 소리는 음악처럼 퍼져 나갔다. 거센 바람에 머리채를 흔드는 나무들, 찢겨져 날아다니는 나뭇잎, 천둥이 치고 번개가 지나간 뒤의 요란한 울림… 내 머릿속엔 자음과 모음이 춤추고 있었다.

눈을 뜨고 귀를 열어라. 오랫동안 귀를 열지 않고 살았다는 걸 글을 쓰면서 알게 되었다. 보고 냄새 맡고, 일어났다 사라지는 느낌이나 감정이 글로 옮겨지려는 순간 겁을 먹고 물러서지 않기로 했다. 자신의 느낌이나 생각을 신뢰하는 일은 금방 오지 않았다. 무수히 많은 시간을 보내고 셀 수 없이 많은 방황과 후회, 혼란을 겪고 나서야 찾아왔다. 아기가 걸음마를 배우기 전까지 삼천 번을 넘어진다고 한다. 자빠지고 넘어지면서도 아기는 걸음마를 익힐 때까지 포기하지 않는다. 우리는 이미 넘어지고 깨지는 아픔과 실패를 통해 이 세상에서 살아남는 법을 배웠다. 글쓰기도 이와 같지 않을까. 처음부터 잘 써야지 하는 욕심을 내려놓는다. 무언가 특별하고 눈이 번쩍 뜨이는 경험만이 아닌, 내가 움직이는 지금 이 곳, 살아 숨 쉬는 공간이 곧 글감이다. 글감을 찾으러 특별한 장소나 여행을 가는 것도 좋지만, 평범한 일상과 동네 주변에도 글감은 널려 있으니 마음이 이끄는 대로 나아가면 된다.

손에 잡히는 것을 써라. 커피 잔, 자명종, 지우개… 글의 소재는 주변에서 쉽게 찾을 수 있고, 유심히 관찰한 만큼 이야기를 풀어낸다. 내 안에 꿈틀대는 게 무엇이건 밖으로 끄집어내는 일은, 새로이 사물을 인식하고 다시 경험할 수 있는 기회다. 언젠가 유치원 졸업식에서 단상에 올라간 손녀가 " 나는 어른이 되면 빵집 주인이 되고 싶어요."라고 꿈을 이야기하는 모습에 뭉클했다. 내 일곱 살 때의 꿈이 무엇이었더라, 아무리 생각하려해도 집히는 게 없었다. 어른이 되면서 나의 꿈은 계속 바뀌고 이런 저런 핑계를 대며 중도에 그만 둔 게 대부분이었다. 소망이 있다 해도 주변 상황에 따라 이리저리 흔들리곤 했다. 입문하는 동기가 어찌되었건 글쓰기를 지속시키는 건 인내와 믿음이다. 정말이지 운이 좋아 일찍 등단을 하고도 나는 글에 대한 확신이나 믿음이 없었고, 꼭 써야 하는 절실함도 없었다. 무엇보다 마음 저 깊숙한 곳엔 그림에 대한 미련이 납작 엎드려 있었기에. 언젠가 다시 기회가 올지도 몰라, 하며 펜화, 수채화, 어반스케치를 기웃거렸다. 무언가를 잡으려면 쥐고 있던 손을 놓아야 한다. 두 가지를 완벽하게 할 수 없는 내 능력을 한탄하기보다 가치의 우선순위를 매기니 선택이 수월해졌다.

글쟁이는 뻔뻔해져야 한다. 주변을 지나치게 인식하는 소심함, 꽉 막힌 사고의 틀에서 벗어나지 못하는 내게 선배가 해 준 말이다. 아직도 나는 불편한 상황에 놓이면 나도 모르게 방어막을 치거나 자신의 감정을 숨기고 물러선다. 내 글이 사람들 앞에서 웃음거리가 되는 게 참을 수 없었던 풋내기 시절, 글을 쓰고 나면 퇴고하는 시간이 가시방석 같았다. 퇴고는 가지치기와 같다. 제멋대로 뻗어나간 가지를 잘 쳐내야 실한 열매를 맺을 수 있듯, 퇴고 과정이 힘들고 혹독할수록 발가벗고 대중 앞에 서는 부끄러움과 두려움을 견뎌낼 힘이 생긴다.

감정에 솔직해져라. 처음 글을 쓰기 시작했을 때 나는 치장하려고 온갖 은유와 상징을 늘어놓곤 했다. 마치 화장을 하면서 분을 바르고 또 발라서 떡이 되고 마는 상태로 덧칠을 해댔다. 감정을 표현하는 데는 용기가 필요했다. 내가 경험한 기쁨이나 슬픔, 갈등, 분노가 글을 쓰고 났을 때 더 이상 자신을 묶어두지 않고, 그 감정으로부터 떨어져 나가는 해방감을 느꼈다. 또한 글을 통해 찬찬히 되새김질하는 과정에서, 지금껏 경험하지 못한 나를 끌고 다니던 상처투성이의 어두운 기억이 더 이상 내 것이 아니라는 걸 알았을 때 커다란 위안을 얻었다.

기억의 끄나풀을 잡아라. 만약 글을 쓰지 않았더라면, 세상을 떠돌며 방황하거나 제멋대로 뻗어나간 뿌리에 생채기를 내고 있을지도 모른다. 내 안에 깊이 뿌리내린 슬픔과 두려움, 증오는 오랜 시간을 두고 자신을 바닥으로 끌어내렸다. 세월에 묻혀버린 나를 어디서 찾을 수 있을까. 파내면 파낼수록 온갖 쓰레기와 잡초 투성이뿐, 좀처럼 모습을 드러내지 않는 지루함에도 중단하지 않을 수 있었던 건, 글쓰기를 통해 차츰 내면을 헤아리고 알게 되는 기쁨이었다. 이따금 먼지 낀 창틈으로 불어오는 바람, 새들의 지저귐, 풀냄새… 이런 것들이 죄의식이나 열등감 같은 불청객의 엉덩이를 걷어차 버리곤 했다.

수많은 선택이 모여 지금의 나를 만났다. 과거의 나는 기억에만 존재하고, 미래는 알 수 없다. 힘들때 손을 잡아 줄 사람이 진정한 사람이라면 기꺼이 내가 나에게 손을 내밀어 기다린다. 외로움 지나 내 안의 은밀함이 말을 걸어올 때까지.

# 묵힐수록 좋은 것들

께느른한 봄날이다. 뭔가 입에 당기는 게 없을까 하여 저녁상에 두루치기를 만들었다. 묵은지와 삼겹살의 매콤함이 입맛을 끌어당겨 꽤 푸짐한 양을 다 먹어치웠다. 설거지를 마치고 앞치마를 못에 걸었다. 낮 동안 종종걸음 하느라 돌아보지 못한 일들이 어둠이 이슥해서야 머리를 디밀었다. 이따금 삶의 무게가 버거울 때면 벽에 걸린 앞치마를 물끄러미 바라본다. 앞치마를 두르고 냉장고에서 도마로, 끓는 냄비에서 개수대로 오가며 일상의 모진 부분을 깎아내는 내 모습이 분주하다. 어느 날은 하고 싶은 걸 멈추고 요리를 하지 않으면 안 되는 주부의 역할이 울컥 애먼 소리로 치밀 때가 있다. 세상에 자기가 하고 싶은 일을 하며 사는 사람이 몇이나 될까? 많건 적건 무언가 기쁨을 찾아내기 위해 바삐 돌아다니는 게 아닐까. 정말 견딜 수 없이 따분하고, 막다른 골목에 서 있듯 등이 시릴 때, 그 날을 기억에서 끄집어낸다.

그 때 나는 풍선처럼 부풀어 있었다. 종일 생크림, 버터, 우유, 설탕을 휘휘 저어 눈꽃처럼 하얀 거품반죽에 꽂혀 있었다. 케잌 디자이너라는 꿈을 안고 빵집을 개업한 후, 곧 본사 직원을 졸라 노련한 케잌 디자이너를 소개받았다. 가게에 알바생을 두고 케잌 만드는 법을 배우러 먼 길을 다녀야 했지만 걸음은 가볍고 신이 났다. 눈칫밥 먹어가며 익힌 솜씨로 그 해 성탄절 이브, 밤을 꼴딱 새워 만든 이백여 개의 케익을 팔았을 때의 보람은 참으로 컸다. 개업만 하면 본사가 알아서 해 주리라던 기대는 얼마 지나지 않아 실망으로 바뀌었다. 신상품 개발이나 점주들의 매출증대보단 체인점 늘리기에 급급한 본사에 맞서 내가 할 수 있는 건 고작 항의 전화뿐이었다. 파견된 기술자가 만든 빵이 설익거나 태우거나 해서 발생하는 손해를 본사는 어물쩍 넘겨버렸다. 체인점 여기저기서 불만이 터져 나오고, 정체모를 그림자가 우리의 동선을 체크하고 다녔다. 점주들의 모임도 비밀에 부칠 만큼 본사의 눈치만 보는 소극적인 대응방식은 계란으로 바위치기식이었다.

똥이 무서워서 피하냐 더러워서 피한다고 여러 날 고민 끝에 나 홀로 시위, 즉 빵집 셔터를 내리고 말았다. 그리고 점주들을 찾아다니며 애써 수집한 정보를 언론에 공개한다고 했을 때, 정작 맞장구칠 거라 믿었던 점주들이 서서히 발뺌하며 물러섰다. 수천에서 수억, 퇴직금 털어 빚내서 차린 빵집을 닫으면 당장 가족의 생계는 누가 책임지고, 권리금은 커녕 시설비도 못 챙기고 나앉으면 보상은 누가 해 줄 것인가. 당신은 문 닫아도 직장에 다니는 남편이 있어 괜찮겠지만, 여기에 목숨 걸고 뛰어든 점주가 대부분인 실정에서 불만스러워도 그냥 저냥 꾸려나가는 수밖에 없다며 제발 언론에 공개하는 것만은 참아달라고 애원했다. 정이란 게 자꾸 앞서가는 나를 잡아당겼다. '그래, 정의보다 더 절실한 게 사람의 목숨, 먹고 사는 일이지.' 조용히 입 다물고 빵집을 그만두었다. 최선을 다한다고 최선의 결과가 나오지 않는다는 것을, 세상 일이 녹녹치 않다는 교훈을 얻었을 뿐 누구를 원망할 일도 아니었다.

체인점에 뜨겁게 데이고 자영업으로 눈을 돌려 시작한 게 설렁탕 전문점이었다. 온 나라를 떠들썩하게 했던 광우병으로 한바탕 몸살을 앓기 까지, 장사는 그런대로 재미를 붙이고 단골도 늘어갔다. 그러나 전혀 예상치 못한 곳에서 나를 기다리고 있는 게 있을 줄이야. 진하고 구수한 설렁탕 국물을 가지고 프림이나 우유를 섞었다고 수군대거나, 아예 주인을 불러내어 호통 치는 손님들이었다. 발끝에서부터 올라와 머리꼭지를 흔들어대는 분노를 삭이느라 가슴 치며 애태우던 시간들, 장사꾼 똥은 개도 안 먹는다더니 정직하게 장사하는 게 때론 웃음거리가 되는 줄 상상이나 했을까. 자신의 우둔함을 탓할 수밖에 없었다. 사골을 그냥 대고 끓이기만 하면 된다고 믿는 사람들이 의외로 많았다. 사골은 깨끗한 물로 여러 번 핏물을 빼야하는데 이 과정이 번거롭고 손이 많이 간다. 대충하기 때문에 노린내가 나는 걸 그게 오히려 참맛이라고 착각하는 사람들도 제법 있었다. "내가 삼십년 동안 설렁탕을 먹어봤어. 서울의 유명한 집은 다 찾아다니며 먹어 본 사람인데 이렇게 뽀얀 국물은 처음이야. 어느 집에 갔더니 너무 뽀얗길래 며칠 동안 다니며 비법을 알려 달라고 졸랐더니만 주방장 한다는 말이 프림을 섞으면 그렇게 된다는군…나 원 참. 이봐. 주인장! 젊은 사람이 먹는 거 가지고 장난치면 쓰나, 정직하게 살아도 돈 벌기 어려운 세상에."

하루에도 몇 번씩 그런 힐난조의 말을 들을 때마다 억장이 무너졌다. 테이블마다 써서 붙이고, 조미료는 물론 프림이나 우유를 섞지 않은 점을 설명해 줘도 그들은 귀를 막고 신랄하게 음식 맛을 비판했다. 손님과 실랑이를 벌이고 난 뒤 땅이 꺼져라 한숨 쉬는 나에게 찬모로 일하던 공주 아줌마는 말했다. "정직하면 돈 못 벌어. 그러니 적당히 하라구, 깨끗하게 설거지 하라고 잔소리하지만 물 값만 많이 나가지. 조미료 안 쓴다고 누가 알아주길 하나? 장사를 돈 벌려고 하지 손님들 건강 챙겨주려고 하는 거 아니잖여. 내 동생이 부산서 뽈찜 장사하는데 그거 하나만 십년 넘게 팔았어. 점심이고 저녁이고 줄서서 먹어야 한다구, 어느 날 주방에서 큰 다라로 양념하는 데 미원을 봉지 째 들이 붓길래 깜짝 놀라서 그래도 되냐고 묻자 동생 왈, 음식 장사해서 돈 번 사람들 공통점이 뭔 줄 알아, 요 미원 값이야. 조미료 수요량과 매상이 비례한다는 걸 나도 이 장사하면서 터득했다구, 다른 집들 파리 날려도 우리 집에 줄서서 먹고 가는 손님들, 이거 먹고 탈 난 사람 없이 건강하잖아, 손님들이 이 맛을 좋아하는데 난들 어쩌겠어."

삶이 던지는 물음 앞에서 나는 아무 말도 할 수 없었다. 부조화, 불신, 비난 속에서 선을 넘는 건 타인이 아닌, 나 자신이었다. 내가 찾고 있는 삶은 내 안에서 발견되기를 기다리고 있었다. 나를 행복하게 해 줄 마법 같은 해결책은 없었다. 나는 일에 몰두하여 온전히 자신을 바치고, 그 일이 나를 다시 태어나게 한다는 꿈에 부풀어 있었다. 하지만 일이 꼬이자 자신을 지탱할 힘도 잃었다. 사회적 명성이나 부 같은 외부적인 요인이 아닌, 스스로를 완성하는 데 무엇이 필요한지를 그땐 알지 못했다.

현행 외식업계의 어두운 그늘은 위생당국의 허술한 관리체계와 위생교육 등 많은 문제를 안고 드러나지 않을 뿐이었다. 외식업 종사자들 대부분의 사연이 손끝에 박힌 가시처럼 아리고 애처로웠다. 서울 유명 호텔 셰프들의 모임에 참석해서 체인사업에 성공한 사업주를 만나기도 했다. 어깨에 힘주고 나타나 노골적으로 술시중을 강요하는 지역 유지들. 드라마에서만 보던 간담이 서늘해지는 조폭들의 모임. 국회의원, 연예인, 의사, 사업가, 비행기 조종사, 알콜 중독자, 정신병자 등 소위 상류층에서부터 제 몸뚱이 하나가 유일한 재산인 막노동꾼에 이르기까지, 온갖 부류의 사람들을 만났다. 직접 발을 들이지 않으면 몰랐을 세상사의 고달픔을 알았으니 잃은 거보다 얻은 게 많은 마지막 장사경험이었다.

이따금 저녁 식사를 할 때, 코다리찜, 마파두부, 고등어 묵은지 조림 등 입에 맞는 음식이 상에 오르면 "야, 이 맛이면 성공할 수 있을 것 같애." 남편은 아직도 장사에 미련이 남았나보다. 그도 그럴 것이 맛과 인지도가 자리를 잡고 성실한 일꾼이 들어와 속 썩이는 일없이 잘 나가는 음식점을 그만두었을 때 가장 아쉬워한 사람이 남편이었다. "그래요. 정말 맛있는데, 한 번 해봐요." 옆에서 한 마디 거드는 막내.

세상에 우연은 없다. 내게 온 불행, 실패, 좌절, 모든 일에는 이유가 있었다. '하면 된다,' 외치며 머리끈 질끈 동여매고 노력해도 안 되는 건 안 되는 일이었다. 하지 말아야 할 이유가 있었다. 그 때 만약 장사에 성공해서 체인사업에 뛰어들고 유능한 사업주가 되었다면, 지금 내가 맛보는 행복을 누릴 수 있었을까. 상처와 아픔을 외면하지 않고 정면으로 바라볼 수 있는 강인함이 남아 있었을까.

삶에서 원하는 건 사랑이었다. 사랑을 원하면 자신과 사랑에 빠져야만 한다. 진정 사랑을 배우기 위해 미움과 증오가 필요하듯, 나를 사랑하는 법을 배우는 건 가장 어려운 고난도의 시험이었다. 균형이 무너지고 한 쪽으로 기울 때 만나는 문제의 원인은 내게 있고, 해결책도 내게 있음을 알았다. 어쩌면 삶은 야성적이라 제 모습을 숨기고 살갑게 다가오는지도 모른다. 설령 그렇다 해도 오래 묵히고 조금씩 꺼내 쓰는 여유, 내가 얻은 건 바로 이것이다. 잃은 것도 많지만, 잃은 만큼 경험이 내 안에 자리 잡았다. 죽을 때까지 배우라 했던가. 내일도 나는 멈추지 않고 나아가리라. 어디론가 휘적휘적 비틀거리며, 아니 살아있는 한.

# 뚱딴지의 사치

"우리 반에서 제일 이성적인 분이라 여쭙는 거에요. 그걸 해야할지 말아야할지…" 언젠가 후배가 일의 진행을 두고 내게 물었다. 순간 속이 뜨끔했다. 언뜻 듣기엔 칭찬 같은 그 말이 실제의 나와 차이가 있음을 알고 실소를 금치 못했다.

우리 집 칠남매 중 가장 이성적인 언니가 내게 이르길, 감성 80%, 이성 20%라고 했다. 논리적으로 생각하고 판단하기보다 즉흥적으로 생각하고 행동하다보니 실수가 많고 후회도 많다. 오죽하면 어릴 적 별명이 뚱딴지였을까. 기발한 생각을 해내거나 엉뚱한 짓을 잘 해서 주위 사람을 놀래키거나 웃음거리가 되곤 했다. 기름사오라고 하면 석유를 사오고, 석유 사오라고 하면 기름 사오는 나를 엄마는 야단치지 않고 웃어넘겼다. 어릴 적 나는 공상하기를 좋아했다. 길을 가면서도 눈에 들어오는 것이 있으면 내 못 말리는 공상은 한없이 뻗어가고 정작 목적지에 도착하면 내가 무얼 사려고 왔지? 하며 대충 손에 잡히는 걸 집어 들었다.

내게 또 하나의 별명이 생긴 건 그 날 이후였다. 여학교 때 우리는 집에서 가져온 책을 친구들끼리 돌려가며 읽었다. 순번을 정해서 일 교시엔 누구, 이 교시는 누구 식으로 감질나지만 어쩔 수 없이 그 규칙을 따라야했다. 그 날 따라 내 차례가 수학시간이었다. 지루하고 따분한 시간이 점심 먹고 난 후라 식곤증까지 몰려왔다. 그래도 너무나 보고 싶었던 <빙점>이라 책상 밑에서 졸음을 참아가며 읽었다. 물론 뒤에서 망보는 친구가 있어 서로 봐주기로 했다. 등을 한 번 찌르면 경계신호, 두 번 찌르면 위험신호, 문제는 이 친구가 아침부터 우울했던지, 아니면 장난기가 발동했던지, 자꾸 가짜 신호를 보내온 것이다. 몇 번 속고 난 후라 나는 더 이상 신경 쓰지 않기로 작정하고 독서삼매에 빠져 들었다. 그런데 또 등을 찔러 대길래, "몬데? 뭐냐구?" 눈을 흘기며 뒤를 돌아보는 순간, 그 자리에 얼어붙고 말았다. 선생이 나를 일으켜 세우고는 "여기 아직도 자신이 신데렐라가 되는 꿈을 꾸고 있는 학생이 있어요." 그리고 덧붙여서 하는 말," 자, 앞에 나가서 왜 자신이 신데렐라가 될 수 없는지에 대해 진지하게 생각해 보도록." 교실은 일제히 웃음바다가 되고 홍당무가 되어 교단 옆에 선 나는 정말이지 진지하게 생각했다. 나는 왜 신데렐라가 될 수 없었을까? 그리고 내린 결론, '우리 엄마가 계모가 아니기 때문이야. 만약 언니들이 날 구박하고 엄마가 계모였다면 나도 어쩌면 신데렐라가 될 수도 있었을 텐데.' 평소에도 뭔데? 뭔데? 물어대는 나였기에 친구들은 만장일치로 '몬데렐라'를 내 목에 걸어주었다.

그 방면에 서툴거나 젬병인 사람을 일컬어 치(痴)를 붙이는 요즘 유행어로 말하자면, 나는 스스로도 어찌할 수 없는 '사치(四痴)'다. 먼저, 본능적으로 숫자를 거부하고 두려워하는 수치다. 숫자가 두 자리를 넘어가면 머릿속이 복잡해지고 엉켜버린다. 거기에다 운동이라면 무엇 하나 잘하는 게 없는 몸치다. 체력장 시험은 늘 턱걸이로 통과하고, 체육시간엔 배 아프다는 핑계로 등나무 벤치에 앉아 있곤 했다. 자전거를 배울 때 남들은 며칠이면 배울 것을 몇 달 동안 끙끙대며 끌고 다녔다. 자빠지고 넘어져서 온 몸이 긁힌 자국인데도 그만두지 않는 나를 보고 큰애가 말했다. "엄마, 어디 가서 다리 내놓지 말아요. 가정 폭력으로 신고 들어올지도 몰라요."

거기에 한 술 더 떠서, 가본 길도 열 번은 가야 알아지는 길치다. 네비게이션이 없었던 시절, 차에는 지도를 한 가득 싣고 다녔다. 그러다 길을 잘못 들거나 방향을 잃어버리면, 갓길에 세워놓고 남편에게 전화해서 물어보거나 빙빙 돌아다니다 목적지에 겨우 도착하곤 했다. 집에 오는 길도 종종 잘못 들어 한참을 헤매기 일쑤여서 기다리는 사람의 애간장을 태우곤 했다. 마지막으로 기계치다. 필사적으로 노력해도 기계와 친해지지 않는 나로선 청소기도 한 곳에 모셔두고, 무릎이 아작난다는 충고에도 쪼그려 앉아 걸레질을 한다고 언니는 혀를 내둘렀다.

아파서 집에만 있을 때는 사용법 익히는 게 귀찮아 한동안 휴대폰을 서랍에 두고 꺼내놓질 않아 종종 핀잔을 듣곤 했다. 워드 작업을 배우고 나서 얼마 후의 일이다. 당시 큰애가 입대하고 나는 입영일기를 쓰기 시작했다. 최전방에서 고생하는 아들이 아무 탈 없이 돌아오기를 기다리며, 엄마도 집에서 시간을 헛되이 보내지 않는다는 걸 다짐하는 의미에서였다. 하지만 컴퓨터에 입력하는 일이 만만치 않았다. 키보드를 끌어당겨 두드리는 손가락은 마냥 더디고, 다 쓰고 나면 기진맥진 목과 어깨가 뻐근했다. 그 날도 신나게 자판을 두드리다 뭔가 버튼을 잘못 누르는 바람에 백 일치 분량이 몽땅 날아갔다. 남편이 모든 상황을 제자리로 돌려놓기까지 완전 패닉상태였다.

어른이 되면서 나는 더 이상 질문을 하지 않았다. 숨쉬고, 밥 먹고, 일하고, 영화보고, 습관처럼 하루를 살았다. 오로지 들쭉날쭉 감정에만 충실하며 살던 내게 변화가 온 건 글을 쓰면서부터였다. 만나는 사람들은 나를 돌아보게 하고, 껌 딱지처럼 눌러 붙은 사색의 깊이를 헤아리게 했다. 대화의 상대에게 불합리와 불만이 있어도 진지하게 듣고 귀를 기울이는 배려와 인내심을 배운다. 남의 글을 읽으며 눈시울을 붉히는 감정의 높낮이가 처음엔 무척 낯설었다. 어울리지 않은 옷을 입은 것처럼 거울 앞에서 예전의 모습을 찾으려고 애쓰는 내게, 진정 사람의 겉모습이 아닌 마음을 읽게 했다.

인생의 스케치에는 지우개가 없다고 한다. 이따금 까무룩 덮쳐 오는 후회와 패배감으로 지우개를 집어 든다. 나의 어리석음을 지우개로 쓱쓱 문대어 다 지워버리고 새로 시작할 수 있다면, 자신이 누구였는지 지워버리고 싶은 내 등짝을 후려친다. "괜찮아. 똥딴지로 살고 몬데렐라로 버티면 돼."

# 그 여자, 꼭지 돌다

"돌아버리겠어. 나더러 할머니라니." 분이 안 풀렸는지 거칠게 토해내는 여자에게서 뜨서운 콧김이 새어나왔다. 지나가다 우연히 듣게 된 통화내용인데, 나도 모르게 피식 웃고 말았다. 한때 꼭지가 돌아버린다는 말을 입에 달고 살았던 시절이 내게 있었다.

운전면허를 따고 한 달 만에 차를 샀다. 나의 방향치를 잘 알고 있는 남편이 중고차를 사라고 했을 때 코웃음을 쳤다. "차선 잘 지키고 과속하지 않고 살살 다니면 문제될 거 없잖아요." 마침 부모님이 여행을 간다며 공항까지 데려다달라는 말을 꺼냈을 때, 젊어서 불효한 빚을 조금이나마 갚고, 장거리 운전의 기회가 온 거라며 들떠 있었다. 출발 전날이 되자 슬금슬금 걱정이 되고 잠도 설쳤다. 친정집은 한 시간 정도의 거리여서 새벽밥을 지어먹고 집을 나섰다. 거리는 가로등이 켜져 있고 이른 아침의 안개도 자욱했다.

출발하고 얼마 지나지 않았을 때였다. 일방동행인 도로를 우회전하다 갑자기 쿵. 차에서 내린 택시기사는 험상궂은 얼굴로 내게 다가와선 "아침부터 재수없게시리…" 대놓고 불만을 드러냈다. 사이드밀러가 덜렁덜렁한 내 차에 비해 상대차는 약간의 흠집이 난 정도였다. 너무나 당황스럽고 겁에 질린 데다 기다리는 부모님 생각에 조바심이 났다. 초보딱지를 훈장처럼 붙인 차창너머 애바른 시선이 번득인 것을 눈치 채지 못한 나로선 빨리 이 상황을 끝내고 싶었다. 명함 뒤에다 모든 잘못은 내게 있으며 일체의 비용을 책임지겠다는 내용을 적어 다급하게 택시기사의 손에 쥐어 주었다.

그 날 저녁, 사고 소식을 들은 남편은 노발대발했다. 사고 현장을 돌아본 후 과한 수리비를 요구한 택시기사의 몰염치와 부도덕에 치를 떨었다. 그 당시 만해도 여성 운전자를 대하는 남자들의 반응은 사뭇 부정적이었다. "여편네가 집에서 살림이나 잘하지, 왜 기어 나와서 싸돌아다니며 교통체증을 유발하냐구." 거리로 나가면 버스나 택시기사가 밀어붙이는 일은 허다하고, 혀를 차며 눈을 내리까는 남자들의 시선은 노골적이었다. 새 차에 흠집이 나자 오히려 대담해지고 무서울 게 없었다. 남자들이 그런다고 기죽을 내가 아니지, 핸들을 잡은 나는 좀 더 야무지기로 마음먹었다.

그 날은 오고야 말았다. 교차로를 지나던 중 쏜살같이 달려온 택시가 내 차를 들이받은 큰 사고였다. 핸들을 움켜쥔 손이 덜덜 떨리고, 이만볼트의 전압이 지나간 듯 꼭지가 열린 상태였지만 나는 침착함을 잃지 않았다. 예상대로 택시기사는 쌍방과실로 몰아갔고, 오히려 나에게 뒤집어씌울 태세로 목소리를 높였다. 나는 소란을 뒤로 하고 목격자를 찾아 나섰다. 블랙박스가 없던 시절이었으니, 인근의 상점이나 행인에게 사고 경위를 말하고 증언해줄 수 있냐고 묻자 흔쾌히 승낙했다. 그로부터 얼마 후 병원비며 한 달 치 급여가 입금되었을 때의 통쾌함이란.

때로 곰팡내 나는 일상을 밀어내고 싶을 때, 해묵은 상처로 밀려드는 감정을 주체할 수 없을 때면 한적한 곳에 차를 세웠다. 라디오 볼륨을 한껏 높이고 펑펑 울거나, 미친 듯이 악을 쓰기도 하면서. 받아들일 수 밖에 없는 불편한 상황에 놓인 내 처지가 원망스러웠다. 문제의 답이 오, 엑스면 좋으려만. 대개는 답이 없거나 너무 많거나 였다. 후드득 천장에 떨어지는 빗소리는 가라앉은 기억을 불러오고, 서툰 몸짓으로 안간힘을 다해도 생의 초점이 흐려질 때면 차창 너머 세상이 비보라처럼 거칠게 스며들었다.

운전대만 잡으면 온순한 사람도 성격이 더러워진다고 한다. 심장박동이 빨라지고 가슴이 두근거리는 증상으로 이따금 바늘로 찌를 듯이 아팠지만 내 몸에서 일어나는 일을 대수롭지 않게 여겼다. 늘 시간에 쫓기고 무슨 일이든 완벽하게 해야만 한다고 자신을 다그쳤다. 남들 앞에서 연약한 모습을 보이기 싫었고, 가사, 육아, 일을 혼자서 거뜬히 해낼 수 있다고 생각했다. 남들도 하는데 나라고 못할까, 화가 치밀어 꼭지가 열릴 때마다 숨기고 밀어 넣기에 바빴다. 내가 가야만 할 길과 가고 싶지 않은 모순된 감정이, 자기연민에 빠지는 나를 더 세게 밀어붙였다.

어느 날 꾹꾹 눌러 왔던 분노와 원망이 거꾸로 날을 세웠고, 급기야 나를 쓰러뜨렸다. 제법 열심히 살았다고 추켜세우던 자존감은 무너지고, 모두가 떠난 자리, 홀로 남은 쓸쓸함에 가뭇없이 사라지는 꿈도 여러 번 꾸었다. 더디고 모난 시간을 지나, 마침내 나약하고 허점투성이인 나를 있는 그대로 받아들이기까지, 혼자만의 시간을 갈무리했다.

여자는 세 번 태어난다고 한다. 자궁에서, 월경이 시작되는 사춘기에, 그리고 폐경기에. 호르몬의 변화가 뇌를 거쳐 삶에 영향을 미친다는 걸 안 것도 그 즈음이다. 거리낌 없이 감정을 쏟아내는, 소위 관광버스에서 마구 흔들어대는 여자들에게 눈살을 찌푸리던 내가 이젠 그 심정을 알겠다. 가족을 돌보고 자리매김하느라 억눌린 감정이 일시에 터져 나오는 무모한 충동, 머리에서부터 발끝까지 풀어헤친 지난한 삶의 순간들, 생을 헛되이 산 거 같은 상대적 박탈감, 가정이라는 테두리에 묶여 접어두었던 꿈…

이제 나는 바라본다. 말랑하게 무뎌진 꼭지를. 힘겨운 시간을 보내느라 눅눅해진 상처의 흔적을 어루만진다. 누군가 건들기만 해봐라, 한 꼭지 비틀어 주리라던 알량한 심술도 세월과 함께 더께가 앉았다. 장롱 깊숙이 넣어둔 생의 초보딱지를 다시 붙일 일이 없었으면 하는 바람, 타이밍을 놓쳐버린 시간이라도 다시 기다리는 여유, 슬며시 다가와 안아달라고 칭얼대는 '열정', 오늘 내가 살아가는 이유다. 비록 삶은 완벽하지 않지만, 지금의 나를 만들었고. 새로운 기회를 내게 주었다. 어떤 미래가 기다린다 해도 두렵지 않다. 꼭지가 숨 쉬고 있다.

# 잊지 못할 어느 하루

꽁꽁 얼어붙었다. 영하 십칠도, 체감온도 영하 이십이도. 일주일 전부터 내리꽂는 수은주는 바닥을 모르고 곤두박질했다. 용산역에서 만난 일행은 열차에 몸을 실었다.  이층 한 칸을 차지하고 한껏 들뜬 나는 기차가 출발하고 이내 껴입고 온 두꺼운 외투를 벗었다.

"내가 없어도 그 일을 할 수 있는 사람은 얼마든지 있지요. 하지만 내 삶은 누가 대신 써 줄 수 없는 거죠." 오랜 공직생활을 마치고 인생을 정리하고 싶다는 문우는 죽기 전에 자서전 내고 싶다는 꿈을 조심스레 내비쳤다. 우리는 어느덧 세월을 거슬러 청춘의 한 모퉁이를 지나 그 너머 닿을 수 없는 곳을 서성이고 있었다. 깊고 어두운 죽음조차 내 삶을 빛나게 하는 요소임을, 언젠가 나를 발견하는 순간에 맞닥뜨릴 그 가치의 소중함을 공감하면서 레일 위를 달리는 아릿한 시간, 꿈 꾼만큼 목마름도 길었다.

도심을 벗어난 기차는 강물 위를 내달렸다. 차창 밖으로 시선을 돌리니 얼음 꽃이 피어 햇살이 반짝이는 강물위로 바람이 휙휙 지나간다. 비바람 맞고 태풍에 쓰러지고 다시 일어섰던 날들, 낮

선 도시에서 스스로를 유배시키던 내가 서먹서먹 다가간 곳이 글쓰기였다. 맞은 편 좌석, 벗어놓은 외투에서 떼구루루 볼펜이 통로에 떨어졌다. 몸을 비틀어 통로를 내려다보았다. 차갑고 딱딱한 보도블럭 아래 겨우 뿌리를 내린 그 때 저 볼펜처럼 난 외톨이였다. 일상에서나 소모임에서나 사람들과 어울리고 대화하는 것조차 버거웠다. 내 몸에서 나오는 소리라곤 뒤엉킨 한숨과 삐걱거림이었고 먼지를 뒤집어쓴 일상에 글쓰기는 단비였다.

김유정역에 도착했다. 돌을 던지면 쨍하고 금이 갈 것 같은 파란 하늘, 벌거벗은 나뭇가지를 지난 바람이 뺨을 스친다. '깊은 생각, 끝없는 상상, 향기 나는 글' 준비해간 현수막 앞에 모여 우린 기념사진을 찍었다. 무엇이 영하의 날씨를 뚫고 이곳에 오게 했을까. 김유정 생가를 둘러보았다. 거리 한 곳에 자리를 잡고 듣는 문화해설사의 이야기는 발가락을 파고드는 추위에도 귀가 시원해졌다. 엷은 햇살로 데워진 몸을 조금씩 움직이며 귀를 쫑긋 세웠다. 싸움닭이 목덜미를 쪼고, 점순이 아범의 바짓가랑이를 잡고 옥신각신하는 한 판 싸움… 스물아홉의 짧은 생이었지만 그가 남긴 유산이 이엉으로 엮은 지붕에 매달린 고드름처럼 반짝였다. 머지않아 봄이 오면 생강나무에 물이 오르고 노란 꽃을 피우리라. 삶을 사랑하고 자유를 끌어안았던 작가의 외침이 산비탈을 내려왔다.

죽은 자와 산 자가 어울려 사는 도시는 아름답다. 살아있음에 감동하고 슬퍼하는 나눔이 없다면 삶은 얼마나 삭막할 것인가. 살아있으니 먹어야 하고 주린 배를 채워야 한다. 구석구석 사람들이 들어찬 식당에서 맛있는 손만두와 보리밥을 먹었다. 유리창이 얼어붙고 가로수가 떨고 있어도 김이 모락모락 뜨끈한 만두국에 얼었던 손발이 녹아서인지 선하품이 나오고 몸이 나른하다. 식당을 나와 김유정역에서 상천행 기차에 올랐다.

<피노> 카페에 들어서니 벽난로가 반갑게 맞는다. 활활 타는 벽난로 주위에 우리는 둘러앉았다. 배꼽이 빠질 만큼 왁자한 웃음, 이따금 내지르는 탄성과 시간 여행의 설렘… 턴테이블에서 돌아가는 음악에 취해 우리의 이야기도 끝없이 흘러갔다. 글을 쓰겠다고 덤벼들었을 때 나의 시선은 줄곧 은밀하게 타오르는 불길에, 가늠할 수 없는 시린 외로움에 자신을 던질 용기가 없었다. 갑자기 뛰어든 방문객처럼 화두를 던지는 날카로움과 생동감을 동시에 떠안기는 글쓰기. 처음엔 호기심으로 슬금슬금 곁눈질하다 어느새 주저앉고 말았다. 알 듯 모를 듯 달라붙는 생의 비릿함과 내면의 어리숙함이 뒤엉켜 미끄러운 바닥에서 넘어지고 계속 일어나야만 했던 아찔한 시간이 혀에 감긴다. 달달한 쿠키와 함께.

글쓰기는 무모한 삽질이었다. 쓰레기통에 던져질 게 뻔한 문장과 단어를 찾아 마구잡이로 땅을 파헤쳤다. 그러다 문득 상대의 말에서, 가벼운 몸짓에서 섬광처럼 번쩍이는 영감을 얻기도 하고,

비워둔 한 칸에 꼭 들어맞는 단어를 찾아내기도 한다. 몸 속 어딘가를 떠다니다 툭 불거져 나온 혼잣말이 긴장했던 팽팽한 허벅지 근육을 당긴다. 실타래처럼 엉킨 말들이, 맨살처럼 드러난 행간과 행간 사이의 비움이 숨 한 번 고르고 제자리를 찾아간다.

피노는 이태리어로 잣나무이다. 잣나무로 만든 인형, 피노키오가 사는 호수마을의 밤은 일찍 오고, 아쉬운 발걸음을 뒤로 하고 우리는 산을 내려왔다. 역 앞에서 기차를 기다리며 먹은 만두전골, 마지막 남은 온기를 몸 안 가득 밀어 넣고 있을 때 문득 김유정역에서 보았던 프레임이 떠올랐다. '오늘도 기다립니다. 어제도 그랬던 것처럼' 짧은 해를 삼켰을 레일 위의 침목처럼 내가 가야 할 길이 선명하다. 쉽게 배운 건 쉽게 사라진다는 걸 아는 걸까. 이정표는 없지만 멈추거나 서두르지 말고 천천히 걸어가라 내 등을 밀고 있다. 겨울 하늘만큼 깡마르고 불순한 옛이야기를 간직한 채 기차에 몸을 실었다.

멀어지는 상천역 가로등이 코를 길게 빼고 부르르 몸을 떤다. 글을 쓴다는 것은 새싹을 나눠주는 일이다, 라는 말이 스며들 때쯤 나는 한 편의 글을 완성하고 깊은 잠에 빠져들겠지. 지중해의 햇살을 그리워하는 피노, 타박타박 모래언덕을 걸어 왔을 너를, 오늘 밤 꼭 안아주리라.

# 그 해 여름

한 달째 계속되는 열대야였다. 찬바람이 싫어 일부러 에어컨을 두지 않고 살았던 그 해, 여름 내내 물냉면, 열무비빔국수, 메밀소바를 상에 올렸다. 주방온도 삼십 삼도. 거기에 가스불까지 켜면 한증막에서 불 때기나 다름없었다. 그래도 어쩌랴. 등줄기에서 땀이 솟고 끈적임이 점도를 더해가는 열기 속에서도 생체 시계는 어김없이 밥 때를 알려왔다.

오이랑 무는 채 썰어 미리 차게 해두고, 남편이 일 끝내고 집에 돌아오는 시간에 맞춰 면을 끓였다. 얼음을 동동 띄운 육수에 겨자와 고추장을 풀어 면발이 한껏 차가워지면, 잠시나마 풍덩 빠져드는 시원함과 입안의 얼얼함. 마음이 재고 손은 더딘 가운데 또 한 끼 해결. 매일매일 전쟁을 치르듯 더위와 싸우며 하루하루 버텨냈다.

밤엔 거실로 나가 깔개를 펴고 누웠다. 삼십 오도를 웃도는 방온도에 목화솜 요는 아예 이불장에서 내리지도 못했다. 어느 날 깜빡 잠이 들었다가 눈을 떠보니 남편이 옆에서 자고 있었다. 밤마다 이리저리 누울 자리를 찾아다니다 모처럼 시원한 곳을 찾은 것인데, 옆에서 뿜어내는 열기에 나는 그만 몸을 일으켰다. 곤히 잠든 남편의 구부린 등에 잠시 시선이 머물렀다. 삶의 고단함이 묻어나는 듯 애틋함을 뒤로하고, 다시 물 한번 끼얹고 나와 작업실에 자리를 깔았다. 후터분한 공기를 휘휘 젓는 선풍기도 달갑지 않은 듯 까딱까딱 고개를 저어댔다. '여기도 아니네.' 다시금 휘청거리는 몸을 일으켜 자멍중과 홑이불, 베개를 끌고 안방으로 건너갔다.

자리에 누우니 창으로 새어든 빛이 천장에 줄무늬를 그어대고, 아침에 읽었던 일기 예보가 전광판처럼 지나갔다. "오늘 두 번째 기록 갱신… 백 십 일 년 만의 최고 폭염. 서울, 춘천 39.6도. 오늘 밤에도 삽 십도를 오르내리는 초열대야… 서울과 춘천 등 수도권 지역… 고층 건물에 의한 열섬 현상… 티베트 고기압의 영향, 북동풍, 푄현상… 고온 건조한 바람까지 더해지는…"

저만치 달아난 잠을 끌어오느라 애쓰고 있을 때였다. 주차장으로부터 기어오른 소리가 고막을 파고들었다. "핸들을 더 돌려, 더 돌리라고.. 아니, 뒤로 빼. 빼라니까, 왜 그렇게 빼니, 이 멍충아. 왼쪽으로 더 한바퀴, 조금 더, 더!" 후끈 달아오른 끈적거림에 불쾌감이 더해져 마른 침을 삼키고 베란다로 나갔다. 허공을 휘젓는 남자의 팔뚝이 가로등 불빛에 희끗희끗하고, 멀리 덤불숲에서 풀벌레 소리가 어둠을 타고 흘러내렸다. 건조한 공기를 가르는 두 남자의 투정과 너스레가 꽝- 차문 닫히는 소리, 퉤- 침 뱉는 소리에 섞여 멀어졌다. 찐득찐득 달라붙는 어둠의 소리, 자리에 누워서도 쉽게 잠이 오지 않았다. 이미 사라진 소음이 여운으로 남아, 왠지 모를 비애가 가슴 한 켠에 달려들었다.

비껴갈 수 없는 운명이었다 해도 새 여자를 들이면서 아버지가 보여 준 몰염치 내지 우격다짐은 당황스러움을 넘어 골 깊은 상실감으로 돌아왔다. 어느 날 에어컨을 새로 샀다며 "몇 년 안 썼으니 새 거나 마찬가지야." 가져가라고 할 때 단 번에 거절하고 몇 날을 울먹였는지 모른다. 죽음을 대신할 수 있는 삶이 없듯 어머니의 부재를 메울 수 있는 건 어디에도 없었다. 손때 묻은 가구, 주방기구, 세탁기, 반질반질 아껴 쓰던 물건이 하나 둘씩 치워졌지만, 어머니가 머물렀던 공간은 조금씩, 느리게 추억 하나씩을 흘리며 다가왔다. 늘 넉넉함이었던 그 자리가 세월을 뒤집어쓰고 서서히 퇴색되어 밀려났다. 끼니 때 마다 아버지의 잔심부름하느라 밥상에서 주방으로 종종거리던 발걸음, 연신 흘러내린 땀방울을 훔치며 손수 밀가루 반죽을 하고, 멸치로 다시국물 내어 호박, 감자를 넣어 끓인 칼국수는 우리 집 여름철 별미였다.

무성한 기억마저 지워지고 나면 누군가 나의 부재를 알려야 하는 시간이 오리라. 그 때 나는 생의 모든 순간을 사랑했다 말할 수 있을까. 이처럼 숨 막히는 열기조차. 열대야의 정점을 찍고 꼼짝

하지 않는 수은주는 그저 오늘의 더위를 기록할 뿐, 데이터의 수치를 인식하는 나 역시 더위를 기억 속에 담아둘 뿐이다. 극한 상황에서 생존의 기법을 터득하듯, 지금의 느낌이나 감정은 더위의 강도만큼 강한 세포를 만들어 내고 있을지도 모른다.

살면서 기꺼이 때로 어쩔 수 없이 받아들인 일들, 양파 껍질 까듯 눈물깨나 흘리며 찍었던 정점이 곤두박질했던 일, 생의 시간 속에 가라앉은 기억들이 는지럭는지럭 주변을 어슬렁거린다. 때때로 숨고르기는 삶을 끌어안는 내 방식이다. 호흡에 집중하고 떠올리는 시각적 이미지, 모든 사념과 행위를 쉬고 자신으로 존재할 때 드러나는 나는 무엇일까. 창틈으로 기어든 바람이 어둠속에 한 줄기 빛을 들어 올린다.

## 기울이다

날짜가 정해지고, 티켓팅하는 일만 남았다. 작은 아들도 휴가를 앞당기고 몇 년 전 여행갔을 때 못 보고 온 고베미술관을 꼭 가보자는 말에 한껏 들떠 있었다. 여행 가방을 사야하는데… 조심스레 말을 꺼냈다. 일 초도 안 돼 돌아오는 소리는 "그냥 있는 거 쓰지 그래" 옛날 무성영화에나 나올법한 스타일의 가방을 들고 가자니 영 내키지 않았다. "너무 오래되고 무거워서 새로 사야할 거 같은데" 다시 물었다. 오래 전 언니가 버린다는 캐리어를 가져와서 잡동사니를 넣어두는 박스로 쓰고 있었다. 여행을 가려면 그걸 다 끄집어내야 하니 번거롭기도 하고 이참에 새것을 장만하고 싶은 마음이 컸다. 하지만 남편은 주저함도 없이 "가방 들고 어디 돌아다닌 것도 아니잖아…" '그깟 가방 하나 가지고…' 목구멍까지 올라오는 말을 삼키고 있자니 식탁에 마주앉은 두 사람 눈에서 불꽃이 튀었다.

"알았어." 더 이상 끌고 간다 해도 말꼬리 잡고 늘어진다는 걸 알기에 체념하듯 내려놓았다. 하지만 남편은 다른 뜻으로 해석했는지 시큰둥하다. "뭘 알았다는 거야?" 의심스런 눈으로 캐물었다. "알았다니까." 밥공기에서 튀어나간 밥풀이 굴러가듯, 평소에 쓰던 경어체를 꺾어 버린 말투에서 남편은 다시 긴장한다. "뭘 알았냐구." 그때 튀어 오르듯 한 장면이 떠올랐다. 문우들끼리 차를 마시며 여행이야기를 하던 중 "여행 가면 맨날 싸워요. 나만 그런 줄 알았네." 두 남자가 동병상련의 억울함을 맞대고 의기투합하던 일이 생각나 빵 웃음이 터져 나왔다. 눈물이 날만큼 한참을 웃고 나자 "왜 그래?" 남편이 뜨악해진 얼굴로 물었다.

여행가기 한 달 전부터 기분을 망치고 싶지 않았다. 달구지를 끌로 가든 봇짐을 지고 가든 육년 만에 가는 가족 여행이지 않은가. 지는 게 이기는 거다. 목구멍을 타고 올라온 이 말, 입 안에서 뱅뱅 도는 이 말에 입술을 앙다물었다. 낮에 유언장을 쓰면서 코 푼 휴지가 수북이 쌓였다. 여행가기 전에 끝내려고 부지런을 떨었던 유언장 쓰기는 유리벽에 코를 뭉개고 지난 과거를 돌아보는 시간이었다. 살면서 벽에 박았던 못은 왜 그리도 많은지, 상대의 가슴에 대고 꽝꽝 박았던 못은 또 얼마 만큼인지, 그걸 빼면서 아파서 울고, 못난이라고 머리 쥐어박으면서 울고… 유언장 앞에서 캐리어가 무슨 대수란 말인가. 관 속에 캐리어를 넣어달라고 할 것도 아니면서. 저 세상 갈 때 동전 한 닢도 못 가져가는데, 이런 거 가지고 싸운다면 에너지 낭비, 시간 낭비지 않은가. '누가 내 여행 가방에 신경이나 쓰겠어.'

돌아서면 불만과 투정이 궁시렁대며 올라왔다. 오랫동안 부대끼며 살았어도 여전히 이것만은 익숙해지지 않는다. 가슴 아래로 밀어내며 눌러둔 것이, 틈을 비집고 올라온 물음 앞에서 '도대체 무엇을 위한 다툼인가'를 되묻는다. 저녁밥을 먹고 설거지를 하는데 자꾸 손이 미끄러졌다. 달그락대는 접시 중에 이가 빠진 것도 보였다. 깨끗해지려면 한 번은 물을 뒤집어써야 하는데, 물을 흘리며 엎어진 공기를 보며 생각한다. 홀로 선다는 건 어쩌면 스스로의 바퀴를 굴리는 역주행의 모험이 아닐까. 내 삶을 이끄는 것은 남편도 자식도 아닌, 홀로 선 나이다. 모양이 다르고 쓰임새가 다른 그릇들이 모여 살 듯, 엇박자의 연속, 어긋난 환승역일지라도 우린 앞으로 가야만 한다. 이것도 살아있기에 싸울 수 있고 미워하고 다시 화해하며.

넋두리 같기도 한 일상의 푸념들이 계속되는 한 엇갈림은 이어지고, 원치 않는 다툼, 불신은 피해갈 수 없다. 내 삶에서 일어나는 고통 중에 간혹 포기라든가 괘씸 이라는 단어가 못에 걸리면 잠시 휘청거리고 벽에 기댈 때도 있다. 이제 관계에서 불꽃이 튈 때 잣대를 내려놓고 기준을 버려야 할 때가 언제인지를 안다. 그래야 누구를 얼마나 미워하고 사랑할 것인가에 대한 물음에서 벗어날 수 있다.

말을 한 꺼풀 벗기면 마음이 보인다. 귀를 기울여 듣고, 진심으로 자신을 기울여 다가간 적이 있을까를 반문해보았다. 돌아앉아 울컥하는 속엣말을 삼키고, 아무 일 없었다는 듯 일상으로 돌아왔다. 될수록 싸움을 오래 끌지 않는 건, 내가 뱉은 말에 먼저 상하는 건 상대가 아니라 나란 걸 알고부터였다. 다툼 따위는 까맣게 잊고 며칠이 지났다. 어느 날 남편이 지나가는 말로 툭 던진다.

"캐리어 고를 건데 어떤 색깔이 좋겠어? 핑크? 수박색? 검정?"

몇 날을 흔들어 대던 바람이 멈추고, 기우뚱 걸어놓은 찻잔을 꺼내 찻물을 부었다.

# 마로니에, 그 설렘

마로니에 백일장에 갔다. 혜화역에서 내리니 야외공연장에서 음악소리가 흘러나왔다. 접수를 하고 원고지, 연필, 볼펜, 음료수, 샌드위치를 받아든 우린 적당한 곳에 돗자리를 펼쳤다. 전철을 타고 오면서도 줄곧 소녀들처럼 재잘대고 아무데서나 웃음을 터뜨렸다. 육년 전에 오고 처음인지라 설렘과 기대로 가슴이 콩닥콩닥 괜히 어깨가 들썩거린다.

오늘의 시제는 뜨개질, 기다림, 공연, 지우개이다. 잠시 후 자기만의 자리를 잡고 앉았다. 공원을 오가는 사람, 글쓰기에 열중하는 사람, 생각에 잠긴 얼굴, 자꾸만 달아나는 생각을 종이에 끼적이고 있다. 한참 모자라고 어설픈 시를 쓰고 있는 내가 우스꽝스럽지만 그게 뭐 어때서, 여기 벤치에 앉아 가을 햇빛에 온 몸을 맡긴 채 흘러가는 구름을 보고 있다는 것만으로도 충분하지 않은가.

공원 건너편 길에선 버스가 분주히 사람들을 실어 나르고, 단체공연을 보러 온 학생들의 재잘거림이 햇살로 반짝이는 보도블럭에 쏟아져 내린다. 황금을 주고도 바꾸지 않을 청춘이란 걸 그들은 알고 있을까. 나 역시 그 시절, 어른들이 그런 말을 하면 고개를 갸우뚱거리며 입을 삐죽 내밀었다. 자고 나면 거울 앞에 선 자신을 보는 게 두렵고 현기증나던 시절이었다. 그런 내게 음악은 둘도 없는 친구요, 기댈 수 있는 안식처였다. 길을 가다가 귀에 익은 음악이 흘러나오면 괜히 가슴이 조여오고 콧등이 시큰해졌다.

그대 보내고 멀리 가을새와 작별하듯,

그대 떠나보내고 돌아와 술잔 앞에 앉으면 눈물 나누나

김광석의 <너무 아픈 사랑은 사랑이 아니었음을> 그때는 알지 못했다. 사랑을 하면서 왜 이별을 하고, 사랑을 하면서 아파야 하는지를.

오후 한시쯤 원고지에 쓴 글을 제출하고 점심을 먹었다. 산책도 할 겸 창경궁을 돌아보고 다시 마로니에 공원으로 갔다. 시상식이 끝나고 기념품을 준다기에. 상을  받지 못한다 해도 서운할 거 없이 화창한 날씨였다. 고궁에서나 거리에서나 바람에 실려 오는 가을은 더없이 완벽했다. 동행한 문우들 가운데 누구도 연락을 못 받아 떨어졌나보다 하고 야외 공연장 벤치에 앉으니 백일장 기념 가을 콘서트가 한창이었다. 전통음악을 현대적으로 재해석한 유쾌한 국악공연, 장단에 맞춰 어깨가 절로 실룩거렸다. 다음으로 아쿠스틱밴드<세 자전거>의 노래에 관중석에 있는 사람들은 하나의 파도처럼 물결처럼 환호성을 지르고 몸을 흔들었다. 공연이 끝나고 시상식이 시작되었다.

"자, 그럼 특별상부터 발표하겠습니다. 특별상에 김옥희?" "와아~" 우리는 튕겨지듯 자리에서 일어나 환호성을 질렀다. 이게 꿈인가 생시인가. 아무도 예상하지 못한 수상소식에 단상 앞으로 뛰어가는 문우의 환한 모습, 일행 중 두 명이 사진 찍으러 무대 앞으로 달려 나가고, 멀리서 그 광경을 지켜보는 나는 가슴이 두근두근, 하늘에서 별이 쏟아지고, 새가 되어 하늘을 나는 그 황홀함, 말로는 표현할 수 없는 감동과 환희의 순간이었다. 육년 전 그 날, 시상대에 오르기 전의 그 떨림, 긴장, 감동이 폭포처럼 나를 덮쳐왔다. 그때 시상식에 참석해 달라는 전화를 받고 무슨 상인지는 몰라도 앞줄에 앉아서 기다리고 있던 나는 가슴이 벌렁대고 심장이 터져 나올 것 같았다. 이십 여분을 기다리며 어머니 생각에 가슴이 미어졌다. 엄마가 살아 있었다면 얼마나 기뻐하셨을까. 나는 평생 어머니의 눈물단지였다. 생뚱맞고 심술궂고 고집스레 어머니 속을 태웠다. 못난 자식 거두느라 어머니 손은 늘 거칠고 축축했다. 스스로 안고 있는 비애와 격정으로 자식 노릇 제대로 하지 못해 늘 미안하면서도, 내 앞에 버티고 있는 현실을 피해 도망 다니기에 바빴다.

내치지 못하고 떠안고 있는 아픔이 나만의 것이 아니란 걸 알게 된 것은 그 즈음이었다. 끌고 온 그림자는 한낮에도 오싹해지는 한기를 느끼고, 무겁게 어깨를 짓누르는 삶의 무게에 저마다 슬픔 하나씩은 안고 살아간다는 것을 알았다. 나의 하루는 허물어진 시간을 메우고 땜질하는 시간으로 서서히 바뀌었다. 그 변화는 자신을 두려움이 아닌, 연민으로 바라보게 하고 아픔을 끌어안게 했다. 거울 앞에서 민낯을 보아도 물러서지 않는 용기를 주었다. 방황과 머뭄, 격정과 고요사이에서 흔들리는 일상에도 늘 새롭게, 나날이 새로운 나를 만난다. 나의 하루에서 가장 따뜻한 시간은 글과 마주앉는 시간이다. 며칠 동안 이 노래가 귓선에서 맴돈다.

비 내리는 거리에서 그대 모습 생각해.

흐르는 눈물 누가 닦아 주나요.

흐르는 뜨거운 눈물, 누가 내 곁에 와 줄까요

이제 나는 알고 있다. 내 곁에 있어 줄 진정한 벗이 누구인지, 무엇이 홀로 된 나와 함께 걷는지를.

# PART_4

# 이 바다에 빠져 죽어도 좋아

인생은 외롭지도 않고
거저 잡지의 표지처럼 통속하거늘
한탄할 그 무엇이 무서워서
우리는 떠나는 것일까

유난히 길고 더웠던 여름이 지나고 주춤주춤 가을이 다가왔습니다. 찬바람 부는 거리에서 헐렁한 외투 자락을 펄럭이며 걷는 사람을 보고 문득 선배가 생각났습니다. 눈이 오려면 아직은 더 기다려야 합니다. 수북이 쌓인 눈길을 걷다가 갑자기 돌아서서 노점상에서 파는 빵모자를 사서 씌워주고는 "감기 들겠어." 하던 선배의 엷은 미소가 떠오릅니다. 거리는 가을빛으로 물들고, 보이는 것 말고도 계절 속으로 숨어버린 이야기, 추억이 오늘은 자꾸 말을 걸어옵니다. 책상에서 일어나 베란다로 나가보니, 제라늄이 꽃잎을 열었습니다. 그대가 있어 행복합니다. 꽃말이 참 예쁜 제라늄은 겨우내 추운 곳에서도 잘 버티고 있는 것이 지나온 시간을 돌아보게 합니다.

차마 어쩌지 못한 채 짐짝처럼 버거운 시간 속에 잠깐 숨고르기

하느라 들어갔던 저였습니다. 눈 감으면 선명하게 떠오르는 모퉁이집, 수업이 끝나면 너나 할 것 없이 달려가 자리를 채우고 앉았던 자리, 얼룩진 벽지, 창백한 형광등, 삐걱거리는 문, 끝없이 이어지는 세상이야기, 문학이란 저런 것인가 하고 살짝 엿보던 그 시간이 얼마나 가슴을 설레게 했는지 모릅니다. 어쩌면 사람은 생각을 먹고 생각으로 살찌우는 족속인지도 모릅니다. 계산기로 두드리고 답이 나오는 게 인생이라면 참 좋으련만, 사는 게 어찌 보면 거미의 집짓기 같아서 저 혼자 집을 짓고 살다 조용히 사라지는 거와 별반 다르지 않다는 생각입니다. 혼자 있을 때 외롭지 않고, 외로울 때도 견딜 수 있는 건 "요 손가락 덕분이야."며 치켜세우던 선배 말에 고개가 끄덕여지는 요즘입니다.

언제였던가. 간장종지가 엎어져서 당황했던 날, 옷에 묻은 얼룩을 지우려다 그만두었던 일이 생각납니다. 얼룩을 지워보니 알겠더군요. 얼룩은 잘 지워지지 않고, 지우면 지울수록 지저분해지고, 차라리 그냥 놔두면 무늬처럼 보였을 것을. 이것저것 해보다 내버려둔 적이 있었지요, 더군다나 누군가의 실수가, 잘못이 내 옷에 튀는 건 참을 수 없는 일이었는데, 돌아보니 나 역시 모르는 사이 누군가에게 실수를 하고 상처를 주고 살았다는 걸, 이제는 알겠어요. 우린 저마다 얼룩 하나쯤은 보듬고 살아간다는 것을, 어쩌면 보이는 얼룩보다 보이지 않는 얼룩이 더 많다는 것 입니다. 얼룩이 아름다운 문양을 만든다는 말, 이젠 저도 얼룩을 사랑하게 되었어요. 같이 웃어 주고, 같이 울어주고, 아니면 아주 망가져서 땅바닥에 뒹굴고… 내 곁을 스쳐간 인연들이 있었기에, 오늘 자신을 온전히 바라볼 수 있게 되었습니다.

글을 쓴다는 건 좋은 일일까요? 아직도 무언가를 내미는 손이 수줍을 때가 있습니다. 그게 글이건 알사탕이건 초코렐이건. 글 좀 쓰는데? 그 한마디에 어깨가 으쓱 올라간 적도 있지만, 여전히 백지 앞에선 망설여지는 게 지금도 이 궁리 저 궁리로 시간을 보내고 있습니다. 글을 쓸 때 너는 사라져야 해. 언젠가 선배가 이런 말을 했었죠. 그땐 그 말의 진정한 의미를 몰랐어요. 내가 쓰고 있는데 사라지면 어떻게 해? 고개를 갸우뚱거렸지만. 이젠 조금 알 거 같은 그 느낌이, 망설이는 나를 책상 앞에 앉게 합니다. 지나고 보니 그 때가 너무 그립습니다. 정말 아무것도 모르는 애송이가 귀를 쫑긋 세우고 들으면 세상이 온통 내 것처럼 여겨져 이 바다에 빠져 죽어도 좋아! 라고 여겨질 만큼 행복했으니까요. 하지만 막상 펜을 잡고 앉으면 도통 머릿속이 뒤죽박죽 무엇을 써야할지, 둥둥 떠다니는 생각을 어떻게 표현해야 할지 막막했어요.

"글을 쓴다는 건 오지 않은 미래를 사는 거야. 너는 과거를 붙잡고 씨름하는 거 같지만, 너의 인생을 들여다보며, 설사 완전히 망가져서 건질 게 없는 인생을 살았다 해도. 모든 게 불타버린 잿더미에서 하나의 불씨를 찾아내는, 그게 바로 글쓰기야. 참 신기하지. 불은 모든 걸 태울 수도 있지만 하나의 불씨로 세상을 일으킬 수도 있으니까. 넌 요정을 믿는다고 했지? 그래. 바로 글쟁이는 요정을 믿는 바보가 되어야 해." 전 솔직히 그 말을 한 귀로 흘려들었고 좀 더 현명해지려고 노력했어요. 그땐 말이죠. 선배는 또 이런 말로 웃음바다를 만든 적이 있어요. "글쓰기는 말야, 어느 작가가 말했듯이 배설이야. 배설. 참을 수 없는 내 안의 버거움을 쏟아내는 행위란 말이지. 좌악 쏟아내고 나면 얼마나 시원하겠어."

언젠가 꿈에 대해서 토론한 적이 있었죠. 저마다 사람들은 성공한 사업가, 소설가, 시인… 헌데 선배는 그랬어요. 난 꿈 없이 사는 게 꿈이야. 왜냐고 묻자, 꿈을 이루고 나면 멀미하듯 휘청거리는 사람을 몇 번 봤거든. 그래서 꿈 없이 살기로 했어. 저도 한동안 꿈을 꾸지 않고 목표만 갖고 살았지만요. 어느덧 나이 들고 황혼에 접어드니 꿈을 가지고 사는 게 꿈 없이 사는 거 보다 낫다는 생각을 합니다. 비록 꿈이 이루지지 않는다 해도, 무언가를 이루기 위해 애쓰고 노력하는 그 과정이, 즐거움이란 걸 알았어요. 세상을 보는 눈이 달라지면서 내 삶에도 변화가 찾아오고, 그건 무엇과도 바꿀 수 없는, 억만금을 주고도 얻을 수 없는 소중한 선물이란 걸 뒤늦게 알았지만요. 오랫동안 잊고 있던 마로니에의 추억, 그 아름다운 시간을 꺼내 보는 저는 너무 행복합니다. 아주 짧은 만남이었지만 선배를 만난 건 행운이였어요. 감사합니다. 선배가 좋아하던 시 <목마와 숙녀>가 귓전에 맴도는 시간입니다.

# 아름다운 선물

"잘 생각해 보고 결정하세요." 차창 밖으로 스치는 풍경을 건성으로 보며 자꾸 그 여자의 말을 곱씹어보았다. 그토록 원하는 부를 이루었지만 정작 내 삶은 행복하지 않다는 말에 왠지 속이 부글거렸다. 먼 훗날 돈벼락 맞고 나면 나도 그런 말을 하게 될까. 부동산 중개업으로 시작한 일이 건축업으로 성장하여 빌딩 몇 채를 소유한 그녀의 성공이 마냥 부러웠다.

돈만 있으면 무엇이든 원하는 걸 할 수 있는데, 좀 행복하지 않으면 어때? 다음 날로 부동산중개사 학원을 등록했다. 하루 네 시간 수면과 열다섯 시간의 공부로 몸이 여기저기 쑤시고 아팠지만, 단 번에 붙어야한다는 생각에 공부에 전념했다. 집 안 곳곳에 암기 쪽지를 붙여놓고 밥 먹을 때도, 설거지할 때도 외우고 또 외웠다. 겨우내 추위와 허기, 수면부족으로 감기, 몸살을 달고 지내면서도 끊임없이 자신을 채찍질해댔다. 새벽 여섯시, 불 꺼진 강의실 문을 열고 들어서면 머그컵에 커피를 타서 교단 앞에 섰다. 언젠가 이 자리에 서서 성공스토리를 이야기하는 내 모습을 상상했다. 청소하는 아줌마는 늘 먼저 와 있는 날 보고 집이 요 근처인가 보네, 안쓰럽게 인사를 건넸다. 졸지 않으려고 맨 앞자리에 앉은 나는 수없이 날아오는 백묵 가루, 강사들의 침방울도 대수롭지 않았다.

쉬는 시간이면 간식 먹으며 수다 떠는 사람들을 피해 옥상에 올라갔다. 멀리 한강 철교를 지나가는 기차를 보며 느슨해지려는 마음을 다잡았다. 그 날도 졸음과 뭉친 근육을 풀기 위해 한쪽 다리를 화단에 걸치고 허리를 비트는 순간, 우지끈 엉덩이에서 강한 파열음이 전신을 훑고 지나갔다. 그 날은 아침부터 일진이 좋지 않았다. 난데없이 수업 도중 정전이 되질 않나. 머그컵을 놓치는 바람에 와장창 바닥에 쏟은 커피와 깨진 컵을 치우느라 혼이 나고, 갑작스레 들이닥친 엉덩이의 통증이라니. 우연이 세 가지 겹치면 필연이 되는 걸까, 불길한 예감이 스쳤다. 앉아 있기도 불편할 만큼 몸이 바닥으로 기울었다. 방석으로 한쪽 다리를 괴고 앉아 나머지 수업을 다 듣고, 전철을 타고 집에 오는 길은 추운 날씨에도 식은땀이 날 정도였다.

며칠 침 맞고 찜질하면 나을 것이란 예상을 뒤엎고 통증은 점점 더 강도를 높여 잠도 못 잘 정도로 심해졌다. 할 수 없이 학원을 그만두었다. 집에서 자습하고 몸을 추스르며 시험을 치르기 전에 다시 나가리란 생각에서였다. 제대로 걷지도 못하고 절뚝거리면서도 오직 중개사 시험에 어떻게 통과할 것인가에 관심을 쏟았다. 그러나 온갖 질병이, 숨어있던 증상들이 누가 더 강한지를 보여주기라도 하듯 나를 쓰러뜨리는 데는 약간의 타격으로 충분했다. 허리 디스크 진단을 받고 밤마다 베개를 적시고 보낸 시간들. '도대체 뭐가 잘못된 거지? 왜 하필 나야?' 바닥에 처박히는 불운을 받아들이기까지 보낸 분노와 절망의 시간들. 가장자리로 밀려난 서러움에 맘 놓고 울지도 못하는 내가 할 수 있는 건 걷기였다. 혼자 걸을 수 없는 내 옆에 남편이 그림자처럼 따라 붙었다. 매일 걷기와 요가, 허리강화체조를 하면서 삼년을 보냈다. 칼바람 부는 벌판에 서있는 기댈 곳 없이 눈비 맞으며 홀로 서있는 나무, 언제쯤 나도 꽃을 피울 수 있을까.

독서, 영화감상이 지루한 시간을 메우는 유일한 낙이었다. 도서관에 갈 때면 마음이 설랬다. 서고에 빼곡히 들어찬 책 사이를 거닐며 무심히 손이 가는 책을 집어들 때의 낯선 느낌. 한 아름 책을 안고 도서관을 나서면 왠지 부자가 된 느낌이랄까, 내가 연애할 때도 그랬다. 아마 책 냄새를 좋아하게 된 건 그 날 이후였으리라. 주머니 사정이 넉넉지 못한 대학생이다 보니 늘 헌책방으로 나를 데려갔다. 내가 한 구석에 앉아 기다리는 동안, 남자는 사다리를 오르락내리락하며 천장까지 쌓여있는 낡은 책 사이를 비집고 돌아다녔다. 삐꺽대는 미닫이 문, 허름한 책방 풍경. 삼백 원, 오백 원 하는 책을 한 보따리 사면 먼저 읽으라고 집까지 들어다 주곤 했다. 세월이 흘러 등 떠밀려 발을 들여 놓게 된 책 읽는 즐거움, 기우뚱 버티고 선 얕은 생각의 뿌리가 조금씩 깊어졌다.

몸은 말한다. 세상을 객관적으로 한 발 물러서서 보라고. -어림 반 푼어치도 안 되는 소리. 밤새 한 숨도 못 자고 천장만이 온갖 욕설과 불만을 들어주는 거꾸로 매달린 쓰레기통과 한 달만 지내봐, 그런 말이 나오는지. 덮어두고 외면해 버렸던 영화의 한 장면 같은 일이 닥쳤을 때 난 몸부림쳤다. 한 발 물러섬은 낙오 아니면 퇴보라 여기던 내게 병은 말한다. 너의 망가진 몸을 보라. 그리고 거기서 무엇을 보았는지, 무엇을 들었는지 네 입으로 말하라고 했다. 나는 거꾸로 읽는 법을 익혀야 했다. 한 달 전, 일 년 전, 오년 전… 더 깊이 파내려갔다. 먼 과거의 아픔, 상실, 두려움이 실체를 드러냈다. 운이 나빠서 병에 걸린 게 아니었다. 줄곧 내 곁을 지켜주던 또 다른 자아의 외침이었다.

내가 부여하는 가치만큼 나는 존재한다. 하찮게 여기며 낭비하건, 화를 내며 바늘로 찔러대건. 지금, 나는 시간을 다르게 경험한다. 입술을 깨물고 허둥대는 짜깁기한 시간을 지나 의미 있는 경험을 내 앞에 불러오는, 그 때의 한 시간과 지금의 한 시간은 다르다. 그 때보다 주름이 늘고 엉덩이 살도 처졌지만 내 안의 볼륨은 더 탱탱해졌다. 자신이 누구인지를 알아가는 일이, 무엇이 자신을 행복하게 하는지를 안다. 나를 이끌어 준 수 백 권의 책, 그 책을 쓴 작가, 책의 재료가 된 나무, 무료로 대여해 준 도서관, 도서관 이용을 도와 준 남편, 힘들고 어려울 때 힘이 되어 준 가족, 축 늘어진 어깨를 다독이던 따뜻한 손, 아무도 기억해주지 않는 시시

콜콜한 먼지를 뒤집어쓰고 그렇게 견뎌온 시간, 디스크는 내 생애 최고의 선물이었다.

# 고리

미끄러졌다. 청소하다 잘못 건드리는 바람에 에어 프라이어의 바구니가 떨어지며 손잡이 부분 걸쇠가 망가졌다. 그걸 고칠 새도 없이 그냥 두었다가 다음 날 고구마를 굽고 나서 무심코 손잡이를 끌어당겼다. 식탁으로 옮기는 순간 와장창 밑바닥이 쏟아져 내렸다. 다행히 발등에 떨어지지 않아 큰 화를 면했지만, 식탁 모서리에 부딪치고 말았다. 유리 파편이 사방으로 튀고, 흩어진 유리조각을 닦아내느라 혼이 났다.

이 터무니없는 일이 왜 생겼을까 생각해보니 불편한 마음의 그늘이었다. 사랑해서 아프고, 사랑받지 못해서 서럽고… 나를 둘러싼 무수한 인연으로 애간장 태우고 고통스럽게 되씹으며 힘들어하는 마음이, 놓아버려라! 하는 외침이었다. 설사 발등이 깨지고 유리조각에 찔릴지라도 놓아야하는데, 그걸 끌어안고 왜 나만 힘들어 하는 걸까? 상대는 아무렇지도 않은데. 억울하기까지 했다. 서툴고 미련하지만 내가 주고 싶은 사랑이 엉뚱한 방향으로 나아갈 때면, 애가 타고 목이 말라 진땀을 흘린다. 반면 밀어내고 등 돌리고 싶은 얄미운 사랑도 있지만 차마 내치지 못하고 만다. 원하지 않는 악연이나 불행은 혼자 오지 않는다. 후회, 원망, 분노와 함께 왔다.

독서 강론에 갔을 때였다. "내가 책을 가까이 하게 된 계기는 불행한 어린 시절 때문이다. 부모는 자주 싸웠다. 생각의 충돌, 종교적 이유로. 어른들의 세상은 왜 싸워야만 할까. 내가 왜 이런 세상을 살아야 하는가. 도서관에서 만난 글에서, 책에서 위로를 받았다."고 강사는 말한다. 나 역시 불행한 어린 시절을 보냈고 생각이 많은 아이로 자랐다. 어린 눈에 비친 어른들의 세상은 부조리하고 비합리적인 모순투성이였다. 아버지의 폭언, 폭력에 속수무책으로 당하는 어머니, 큰언니를 보면서 깊은 생각에 빠지곤 했다. 선과 악이 뒤죽박죽인 세상에 내가 왜 태어났을까, 어떻게 해야 이곳을 탈출할 수 있을까.

우연히 서고에서 집어든 책을 통해 윤회와 전생에 대한 개념을 알게 되었다. 죽음은 끝이 아니라 새로운 시작을 의미하고, 태어남을 거듭하며 영혼이 계속 성장하고 발전해 나가는 과정임을 이해했다. 병으로 쓰러지고 나서야 자신의 삶을 돌아보게 되었다. 거울 앞에 서기가 두려웠다. 망가진 몸, 축 늘어진 볼살, 옹고집과 성마름으로 화를 잘 내는 모습은 어린 시절 그토록 닮고 싶지 않았던 어른의 모습이었다. 세월을 뒤집어쓰고 휘청대는 모습이, 어처구니없는 상황이 비현실적으로 느껴졌다. 내가 경험하는 게 인생의 실체일까. 내 마음의 투영일까. 전생을 믿고 윤회를 믿는다면 나는 전생에 어떤 사랑을 했을까, 이생에서 경험한 사랑이 다음 생으로 이어지는 걸까.

나를 힘들게 하는 건 외부의 요인이 아니라, 그 일을 대하는 내 마음이란 걸 알았다. 상대에게 선을 베풀었을 때 실망으로 돌아오는 경우, 왜 이 마음을 몰라주나 섭섭해진다. 세월이 흘러 돌아보니 내 잘못도 있었다. 잘 해주려 하는 게 오히려 상대를 약하게 만들고 의타심만 심어 준 꼴이 되었다. 실망보다 더한 분노를 느낄 때면 '어떻게 내게 이럴 수 있어.' 하지만 속내를 들여다보면 그 일의 중심엔 내가 그런 빌미를 허용했기 때문이다. 책을 읽으며 세상엔 내 아픔보다 더 큰 아픔이, 더 깊은 고통이 있다는 것을, 원치 않는 사건이나 불행일지라도 지금의 나를 만든 밑거름이 되었다는 걸 알았다.

삶의 여정 속에서 수많은 인연을 만나고, 그 인연의 고리는 서로 얽히고설키며 이어진다. 때로 인연으로 인해 아픔과 상실을 겪기도 하고, 생각지도 못한 방향으로 이끌려가기도 하는, 어떤 인연은 우연처럼 다가오지만 운명처럼 느껴지기도 한다. 이상하게도 악연으로 인해 인내심이 바닥나고, 더 이상 베풀 게 없는 빈털털이가 되었을 때 배신감과 안도감이 뒤섞인 감정이 올 때도 있다. 실패를 돌아보며 그 일의 배경이나 더 큰 의미를 헤아리고 그것을 통해 무엇을 배울 것인가를 생각한다.

아무런 고통과 슬픔이 없었더라면 지금의 나는 없었을 것이다. 인생을 살아야 할 시간은 짧아지고 나를 찾아가는 시간은 더디다.

변하지 않는 게 변하는 것보다 어렵다는데, 내가 누구인지를 기억해내는 일, 오늘을 살아야 할 이유다. 가보고 싶지만 가지 못한 길이 남아 있어 오늘도 서성인다. 반쯤 기울고 낯선 길을.

## 행복, 한 꼬집

저녁식사로 해물마파두부를 준비했다. 냉장고를 열어 재료들을 꺼내놓는다. 불을 지피고 팬을 달구어 올리브유를 넉넉히 두른 다음 썰어놓은 마늘을 넣었다. 차르르 퍼지는 마늘향, 양파와 당근이 볶아지며 내는 소리, 해물로 준비한 오징어, 새우가 부글부글 끓는 소리, 주방은 온통 향기와 소리로 가득하다. 마지막으로 소스를 넣고 두부를 넣으면 완성이다. 이때 소스를 조금 덜어내고 소금 한 꼬집을 넣는 게 나의 팁이다. 김이 모락모락 나는 밥 위에 마파두부를 얹어 접시에 담아냈다.

코로나가 기승을 부려 외출이 제한되고 식당가는 것도 어려웠던 시절, 나는 요리에 흠뻑 빠져 지냈다. 면역력을 기르려면 잘 먹어야 돼, 하면서 얼떨결에 주어진 기회를 놓치고 싶지 않았다. 식단을 짜고 동영상을 보면서 레시피를 메모하고 장보기, 그리고 나서야 재료를 선별하여 찌고, 끓이고, 볶는 일이 본격적인 요리의 시작이다. 산더미같이 쌓인 그릇을 설거지를 하고 나면 파김치가 되어 축 늘어졌지만, 힘든 줄 모르고 열중한 것은 맛있는 음식을 먹고 났을 때의 행복감 때문이다. 주먹밥 하나를 만들기 위해서도 머리를 굴려 고민하고 준비하는 과정이 즐거웠고, 그냥 흘려보낸 시간인 줄 알았던 그 때, 채식을 선택했던 그 시간이 밑간이 되었음을 짐작했다.

한때 나는 채식주의자였다. 지금처럼 동영상을 보는 건 꿈도 못 꾸고 주로 책을 빌려보고 따라하는 게 고작이었다. 채식 식당에 찾아가서 먹어보는 것도 쉽지 않은 게 채식 전문 식당을 가려면 먼 데까지 찾아가지 않으면 안 될 만큼 드물었다. 가족모임이나 언니들 만날 때도 내 식성을 고려해서 식당을 찾다보니 매번 번거롭고 미안한 마음이었다. 남편과 아이들은 불만이 있어도 잘 참아주었고, 친구들과 밖에서 먹는 햄버거나 고기 들어간 요리로 모자란 걸 채웠다. 명절에 큰 집에 갈 때는 집에서 만든 야채 육수를 준비해갈 정도로 극성이었다.

채식을 선택한 순간부터 무엇보다 번거롭고 손이 많이 가는 게 야채를 다듬는 일이었다. 고기, 유제품, 달걀 등을 제하고 음식 만드는 일이 쉽지 않았지만, 칠년 팔 개월을 이어갈 수 있었던 건 나의 풍성한 식탁을 위해, 동물을 키우기 위해 벌어지는 의문스런 잔혹행위를 막고, 지구 환경을 지키는데 손톱만큼이나마 내가 할 수 있는 일을 하고 있다는 자긍심도 있었다. 그럭저럭 잘 버티고 있던 채식을 그만두게 된 건 정말 우연이었다. 큰애가 취업해서 일본으로 가고, 이듬해 부모에게 보답한다며 효도관광을 시켜준다고 했을 때 설레고 기쁜 마음에 붕 떠 있었다. 새벽같이 일어나 준비하고 공항에 가느라 아침도 못 먹고 뱃가죽이 등에 붙을 지경이었다. 그러던 차에 기내식(일본항공)이 나왔는데 슬라이스 고기와 절임야채였다. 보기에도 맛깔스럽고 예쁜 음식을 보자 뱃속에서 아우성을 치는데, 망설임 끝에 질끈 눈감고 고기를 한 입 베어 먹었다.

와, 혀끝에서 녹는 그 맛이란, 박하향? 바질향? 입안에서 감도는 향신료와 고기 맛이 어우러진 부드러운 식감, 혀에 감기는 맛을 천천히 음미하며, 이 음식이 여기오기까지 거쳐 온 과정을 생각했다. 요리를 만드느라 애쓴 사람들의 손, 재료를 키운 햇빛, 바람, 비… 지금까지 먹어 본 요리 중 최고였다. 물론 시장이 반찬이라고 배고플 땐 생감자를 먹어도 맛있는 거라지만. 하늘을 나는 기분이랄까, 난 정말 하늘을 날면서 먹고 있지 않은가. 그 때의 감동은 지금도 잊지 못한다. 하네다공항에 내리자마자 마중 나온 큰애에게, "엄마. 이제부터 고기 먹을 거야." "네? 왜요?" 그렇잖아도 채식 식당을 알아보느라 꽤나 애를 먹었던 큰애는 반가움과 놀라움에 거듭 물었다.

채식을 그만두고 나서야 음식에 대한 스트레스에서 벗어난 것임을 알았다. 내 안에는 줄곧 ' 이렇게 해야 해.' 라는 규정들이 줄을 섰고, '하지 않을 수 없어.' 라는 억제된 분노가 들어차 있었다.

재료의 익힘에 따라 음식의 맛이 달라지듯, 요리할 때는 불을 잘 다루는 게 큰 어려움이다. 불이 꺼진 후에 남아있는 열기로 재료를 익히고 뜸을 들이는 건 요리사의 촉이 결정한다. 살다보면 때로 신념에서 벗어난 촉으로 결정해야하는 순간이 오는데, 요리에서도 마찬가지다. 요리를 하는 게 매번 쉬울 수는 없다. 아무리 재료가 신선하고, 정성과 수고를 다한다 해도 입에 딱 맞는 음식이 만들어지는 건 아니다. 간이 너무 짜거나 싱거울 때도, 불 맛을 내려다 재료를 태워버려 난감할 때도 있다. 맛을 더 내려고 양념이나 소스를 너무 많이 쓰면 오히려 텁텁하거나 한물 간 맛이 난다. 내 깜냥으로 간을 맞추는 일이, 각기 다른 재료들이 뒤섞여 새로운 맛을 내는 일이 요리하는 즐거움이 아닐까.

가족이 둘러앉아 먹는 순간은 그 무엇과도 바꿀 수 없는 소중한 시간이다. 일터에서 만난 크고 작은 해프닝과 에피소드를 쏟아내며 자신으로 돌아가는 시간, 잊고 있던 작은 즐거움을 찾고 상처를 어루만지는 시간이다. 매일 반복되는 지루한 일상에 소중함을 발견하는, 엄지와 집게로 집어올린 행복 한 꼬집 뿌리는 시간이다.

# 풍경, 담다

반짇고리를 열었다. 이른 아침부터 시작한 홈질이 점심을 먹고 나자 졸음이 쏟아진다. 달 포 가량 이어지는 작업은 갈 길이 멀어서인지 어깨가 무겁고 손가락이 굼뜨다. 자고 싶은 유혹을 삼키듯 달콤한 커피를 마시고 음악을 들으며 퀼팅에 전념한다. 일 번부터 이십 번까지 홈질을 해야 하는 데 이제 겨우 열 번째다. 한 줄 완성하는데 삼십분 정도 걸리니, 부지런히 손을 놀리면 저녁 준비하기 전까지 끝마칠 수 있겠다.

졸음을 쫓느라 정원으로 나갔다. 몇 해 전에 심은 자두나무는 제법 몸통이 굵어졌다. 휘지듯 늘어진 쥐똥나무 사이로 찔레는 여름내 수런거리며 짙은 향기를 내뿜고, 양지바른 곳으로 옮긴 치자, 석류는 여전히 앉은뱅이다. 언제 날아왔는지 쑥부쟁이가 보랏빛 스카프를 두르고 겨울을 기다린다. 평상에 걸터앉았다. 바람에 실려 가는 조각구름, 제 빛깔로 생각에 잠긴 생명들이 따스한 햇살을 마당 가득 풀어놓는다. 성근 그늘 아래 떨어진 감잎을 주워들었다. 움켜쥔 것을 놓아버리듯 조금씩 무게를 덜어내는 가을이 저물어 간다.

볕이 잘 드는 창가에 앉아 홈질을 한다. 오후 다섯 시경, 십팔 번까지 왔다. 이제 두 개만 하면 끝이다. 굳어진 어깨를 주무르며 바닥에 펼쳐 보았다. 이게 웬 걸, 밭고랑처럼 가운데가 불룩 솟았다. 하나만 그런 줄 알았는데 오늘 한 것이 몽땅 다 불룩하다. 아래로 내려갈수록 점점 심해지는 게 그냥 지나칠 일이 아니다. 눈을 동그랗게 뜨고 찬찬히 둘러보니 시침질을 하지 않고 시작한 게 원인이었다. 조금 빨리 가려고 얕은 수를 쓰다 주저앉은 꼴이라니 헛웃음이 나왔다. 맙소사. 다섯 시간동안 한 걸 다 뜯어내야 하다니. 졸음을 참아가며 바늘에 손가락을 수없이 찔리며 한 것을.

차라리 내팽개치고 여기서 멈출까. 작업실 여기저기 미완성인 채 미뤄둔 조각들 위로 던져버릴까. 머리끝까지 울그락불그락 달아올랐던 화를 가라앉히고 뜯어내기로 했다. 언뜻 지겹고 초라해 보이는 일상이 빈자리를 메우고 다듬어가는 일, 그것은 바느질하며 작은 땀 하나하나에 시간을 잊고 몰두하는 시간이다. 때로 실이 엉키기도 하고 바늘에 손이 찔리기도 하면서 하나의 작품을 완성하고 난 후의 뿌듯함은 컸다. 마음에 진 응어리며 뒤엉킨 감정을 풀어내는 일은 오롯이 자신을 마주하는 시간이다. 아무리 급해도 바늘허리에 실을 꿰고 갈 수는 없다며 자투리 헝겊만 있으면 무엇이든 만들어내던 어머니의 손이 떠올랐다.

어머니의 바느질은 맵시 나고 정갈했다. 재봉틀이 대청마루에 놓인 날부터 옷감을 사다 재단을 하고 재봉틀 앞에 앉으면 무엇이든 뚝딱 만들어냈다. 방마다 커튼이며 딸들의 꽃무늬 원피스, 블라우스, 홑이불, 베갯잇… 그래도 아버지의 설빔은 손바느질을 하셨다. 밤새 졸음을 참아가며 한 땀 한 땀 바느질하던 그 정성과 노고를 이제야 알겠다. 사랑받지 못한 설움을, 아버지가 남기고 간 너덜너덜한 하루를 꿰매고 또 꿰맸을 것이다. 바느질하는 어머니의 모습은 외로움이면서도 단정했다. 늘 대문 앞에 서성이며 돌아오는 식구들을 반갑게 맞이하던, 데면데면한 표정 뒤에 숨기고 있던 아버지를 향한 마음, 쏜살같이 달아난 세월을 꿰매고 싶었을 것이다.

바늘을 쥔 손끝이 떨린다. 퀼팅을 하면서 동아줄로 꼬인 듯 이어지는 가족의 연, 부모와 자식의 연을 생각한다. 가족이란 두 글자 속에 담긴 수없이 많은 상처와 이야기, 감정의 굴곡을 펼치는 시간이다. 말없이 무표정한 모습으로 헝겊과 헝겊을 맞대고 바늘이 지나가면 쓸모 있는 덮개가 되고 소품이 되었다. 낮게 가라앉은 침묵 속에 조각난 일상을 덧대어 이어가던 손이었다. 땀과 땀 사이 들어찬 욕심을 덜어내고 홈질을 이어간다.

바느질을 끝내고 마지막으로 다림질을 했다. 무채색 풍경 속 주름진 시간이, 강마른 얼룩으로 웅크리고 엎드렸던 시간이 펴진다. 아무렇게나 쑤셔 넣고 쾅 닫아버리고 잊고 지내던 날들이 조금씩 조금씩 온기를 나눈다. 어지러이 흩어진 기억을 맞대고 꿰매는 동안 괜한 심술을 부리던 내게 환하게 미소 짓는 어머니. '조금 늦어도 괜찮아, 다시 시작하면 돼.'

늦은 밤, 완성된 퀼트풍경을 내걸었다. 촘촘히 내려앉은 기억들이 생의 조각 위에 아름다운 무늬를 펼친다.

# 그리움을 잇다

마당에 빨래를 널었다. 나무 열매와 꽃이 다보록한 헝겊을 이어 붙인 조각이불이다. 감잎에서 튕겨져 나온 햇살이 바지랑대 사이로 떼구루루 굴러간다. 건풍이라도 시키려고 내친김에 옷장 서랍을 열었다. 돌돌 말린 스카프, 몇 번 입지 않은 철지난 옷들을 꺼내놓았다. 언제 입을지 몰라 아껴두고 잊어버린 옷가지도 건조대에 널었다. 시리게 푸른 가을 하늘에 구름 한 점 떠있고 먼 추억이 슬그머니 기지개를 편다.

어릴 적 볕이 좋은 날은 마당 한가운데 큰 함지박을 꺼내 이불빨래를 했다. 아침부터 종종걸음을 치는 어머니를 따라다니며 첨벙첨벙 빨랫감을 발로 비비고, 다듬이질 풀 먹이는 일을 도왔다. 평소 말이 없는 내가 곰삭은 이야기를 꺼낼 수 있는 기회이기도 하여 한 마디 툭 던졌다. “엄마는 왜 바보처럼 참기만 해요?” “선한 끝은 있어도 악한 끝은 없다.” 꾹 다문 입에서 나온 말이 못마땅해 나는 또 물었다. “엄마가 아무리 착하게 살아도 허구한 날 욕만 먹고 고생만 하는데, 선한 끝이 어디 있다는 거에요?” 입을 삐죽이 내밀고 코웃음 치는 내게 “선한 끝은 있어도 악한 끝은 없다.” 앞 뒤 뚝 자르고 덧붙이는 말도 없이 어머닌 풀 먹인 이불 호청 자락을 잡아 당겼다.

신문은 거들떠보지도 않고 겨우 이름 석 자 쓰는 어머니를 나는 부끄러워했다. 보이는 게 전부인 내가 집 안 구석구석 빼곡히 스며든 글자를 읽어낸 것은 어른이 되어서였다. 허리 굽혀 맞추는 연탄구멍에, 졸면서 깁는 양말 뒤꿈치에, 달그락대는 설거지통 속에 있었다. 알뜰하게 모은 쌈짓돈으로 일수 수첩에 도장을 받아오면 촘촘히 박힌 인주의 벌건 낯을 보고 환하게 웃던 눈가에 있었다.

물기를 머금은 바람이 낮은 구름사이로 빠져나가던 날, 어머니의 장례를 치렀다. 마당에 내어놓은 함지박에서 수련이 네 번째 꽃을 피우고 진 날, 큰언니가 세상을 떠난 지 꼭 삼년 하루만이었다. 자식을 먼저 보내고 나서, 갑작스런 상실의 충격으로 하반신 마비가 오고 어머닌 끝내 일어나지 못했다. 어머니가 쓰러지고 나서 문병 가는 것도 어쩌다 한 번, 안부 전화도 마지못해서 했다. 참을 인 자 석자면 살인도 면한다는 말을 귀에 못이 박히도록 들었지만, 어머니와 나 사이에는 움죽거리는 벽이 놓여 있고, 자비심을 내기에 난 아직 혼탁하고 어수선했다. 어머닌 세상 밖으로 나오지 못하는 나를 안타까움으로 대했지만 정작 빗장을 열고 다가서지 못한 데는 다른 이유가 있었다.

내 몸에서 웃자란 아버지에 대한 증오심이었다. 어린 눈에 비친 부모님은 모순을 안고 자기 자리에서 움직임을 멈춘 고집스러움, 그 이상이었다. 때때로 아버지는 평소의 자상함을 잃고 노발대발 큰소리로 꾸짖었다. 아버지의 날 선 눈길이 구부정한 등에 꽂히면 어머니의 걸음은 기우뚱 흔들리다 이내 주방으로 사라지곤 했다. 아내의 실수만은 허투루 넘기지 않고 닦아세우는 아버지에게 시중드는 모습은 감정의 전두엽을 제거한 로봇 같다고나 할까. 아버지의 여성 편력을 감싸고 두둔하기까지 하는, 시어머니의 업신여김에도 돌부처처럼 입 한번 뻥긋하지 않았다. 아버지는 구남매의 맏이로 부모님을 모시고 사는 터라 우리 집은 늘 손님으로 북적거렸다. 시도 때도 없이 찾아오는 손님에게 먼저 하는 인사가 "진지 자셨어요?"하며 늦은 밤에도 정성껏 상을 차려냈다.

돌아가시기 한 달 전, 황달로 온 몸이 누렇게 물들고 복수 찬 배가 터질 듯 부풀었다. 축 늘어진 어머니 몸을 어기적어기적 끌고 욕실로 들어갔다. 샤워기에서 나온 물이 하얗게 센 머리카락을 타고 오므린 손바닥에 넘쳐흘렀다. "아, 시원해. 또 올 거지? 또 와서 샤워 좀 시켜줘." 어린애처럼 웃으며 푸푸 물줄기를 뿜어댔다. "가정부 있잖아요. 매일 씻겨달라고 해요." "무서워. 그 여자가 무서워." 앞가슴을 적신 눈물이 땀과 범벅이 되어 몸에 달라붙었다. 어머니를 위해 할 수 있는 게 아무 것도 없는, 아니 마음을 내면 매일이라도 와서 씻겨드릴 수 있으련만, 얄궂게 주억거리는 자책이었다.

방으로 들어갔다. 담장 너머로 뻗은 나뭇가지의 흔들림을 보며 어머니는 누워 있었다. 창으로 새어든 빛에 눈을 고정시킨 채 천천히 고개를 돌렸다. 그저 말없이 바라보는 것 외엔 자신의 감정을 드러내는 일에 서툴렀다. 털어내면 품고 있는 절망을 들켜버릴지도 몰라 줄곧 입을 다물고 살았는지도 모른다. 어머니의 머리맡에 다가앉았다. "난 저 문지방으로 나가지 않아. 창문으로 나갈 거야. 창문으로 훨훨 날아갈 거야." 고개를 숙인 채 흥건해진 내 손등을 쓰다듬고는 다시 침묵 속으로 가라앉았다. 창으로 비스듬히 쏟아지는 햇살이 말아 올린 홑이불에 꽂혔다.

탐욕과 저당 잡힌 양심으로 야금야금 불어난 카드빚이며, 여분의 돈까지 챙겨두었던 가정부는 어머니가 돌아가시고 며칠 후 줄행랑을 치고 말았다. 아버지의 노후까지 책임지겠다고 알랑거리던 여자가 생의 어디쯤에서 바닥을 향해 곤두박질했는지는 알 수 없다. 추락하는 몸이 몇 번 쯤 바위에 튕기고 나무뿌리에 걸렸으리라. 돌부리에 걸려 넘어지고 다시 한 번 움켜쥔 지지대가 아버지였다.

빨래를 거둬들였다. 차곡차곡 포개어 접다보니 햇볕에 바래고 바람에 쓸려간 세월이 가슴에 안긴다. 아무렇지도 않은 듯 마음의 그늘을 숨기고 살았지만, 어머닌 결코 불행으로만 얼룩지진 않았으리라. 아무에게도 말하지 않고 당신 스스로 결정했다. 멍들고 옹이진 상처, 하얗게 타들어간 입술로 대꾸 한 마디 못했지만 그건 나약해서가 아닌, 주어진 생을 살아내기 위함이었다. 너덜너덜 헤진 사랑을 수 없이 덧대고, 앙다문 입술로 한 땀 한 땀 이어붙인, 바람에 흔들리는 조각이불처럼 아름다웠으리라.

# 숲의 시간

가파른 들머리에서 숨을 고른다. 빗물에 쓸려온 솔잎과 잔가지들이 무리지어 있다. 불거진 나무의 뿌리를 지나 바람에 몰려가는 잎이 산길을 지운다. 깊은 숨을 들이쉬니 일상의 번잡함이 참나무 밑동을 훌쩍 뛰어넘는다. 살면서 내 아픔과 고통으로 보이지 않던 생명들, 남루한 가슴에 가는 희망이라도 내리는 걸까. 거미줄에 걸린 나뭇잎이 바람에 흔들리고, 명치끝에서 나온 숨이 허둥지둥 그늘로 숨어든다.

나무 사이로 흘러든 볕뉘 한 줌, 수북한 가랑잎을 지나 발등을 지나간다. 꿈인 듯 허망하게 지나가 버린 청춘, 아찔했던 시간이 다시 올 수 없다 해도 깊숙이 밀어 넣은 소망이 있어, 내 안에 어둑한 그늘을 펼치고 싶을 때면 숲으로 간다. 나무 아래 서면 빈 가슴 채울 수 없는 허기도 천근같은 무게도 가벼워진다.

철탑이 이어지는 과수원 길을 걷는다. 자드락밭에 심은 가지랑 고추를 따는 할머니의 구부정한 등에 옅은 햇살이 성글다. 멀리 내려다보이는 아파트와 건물이 어깨를 기대고 들어앉은 이곳에 이사 온지 십 년이 훌쩍 넘었다. 한동안 마음 붙일 곳 없어 적당히

거리를 두고 비껴가거나 먼 산을 바라보며 외면했다. 혼자 있는 시간이 버거움으로 다가올 때면 어느새 발걸음이 그 카페로 향했다.

물방울무늬의 노란색 커튼이 드리워진 창가에 앉아 커피를 주문하고 접어 둔 책장을 열었다. 벽에는 작은 액자가 걸려 있고, 창으로 쏟아지는 햇살이 따뜻했다. 해묵은 감정이나 일상의 고단함도 답답한 통로를 빠져 나가듯 숨통이 트였다. 더는 내어줄 게 없는 비비적대던 마음이 소파에 몸을 묻으면 한없이 넓어지고, 여민 아픔도 떠다니는 먼지처럼 작아졌다. 주위의 자잘한 소음은 집중하기에 알맞고 예민해지는 귀를 열게 했다. 수수께끼 같은 청춘을 보내고 생의 한 계절을 지나고 있는 내가, 걸어서는 다다를 수 없는 곳이 꿈으로 남았다. 실금처럼 번지는 그리움이 흥건해질 즈음, 귀에 익은 노랫말이 지나갔다.

이제 울지 않아, 이제 지지 않아
추억을 넘어서는 내일이 있기에
저 밤하늘에 빛나는 무수한 별들
손을 뻗어 지금 가슴에 묻어두자
내일은 새로운 내가 시작되니까

–드라마 <자상한 시간>의 주제곡 중

흰 날개를 퍼덕이며 눈 벌레가 날면 열흘 후에 첫눈이 온다는 후라노의 숲, 홋카이도의 작은 마을 후라노에 언제쯤 갈 수 있을까. 그 카페엔 나무 액자가 걸려 있다.

숲의 시계는 천천히 시간을 새긴다.

손님이 직접 원두를 갈아 커피를 내려 마시는 그 곳에 가면 낙엽송이 드리운 창가에 앉고 싶다. 빛바랜 사진첩을 꺼내듯 커피콩 가는 소리 들으며 눈을 마주치면, 슬프도록 아름다운 생도 고즈넉한 풍경 속으로 스며들겠지.

바람이 써내려간 가을 숲에선 길을 잃어도 좋다. 아무 것도 묻지 않고 말하지 않는 텅 빈 몸으로, 나뭇잎 사이로 스치는 바람소리를 듣는다. 하늘과 나무와 새들, 이름 모를 벌레들, 생명들이 어우러져 내는 소리를 몸 안 가득 채운다. 돌부리에 걸려 휘청대다 넘어졌던 일, 곱게 물든 나뭇잎을 주워 책갈피에 꽂았던 일, 장대비 맞으며 걸었던 일, 산등성이를 날렵하게 뛰어가던 고라니의 우아한 자태, 발자국 소리에 놀라 날아가던 장끼의 멋진 비행, 이리저리 몰려다니며 바스락거리는 가랑잎의 속삭임, 수많은 생명의 소리를 듣는다.

내리막길로 접어든다. 바람소리에 놀라 참새 떼가 날아오른다.

뒹구는 낙엽이 오종종 모여들고, 노랗게 붉게 갈색으로 물들어가는 숲길에 추억이 한 켜씩 쌓인다. 솜털보다 가벼운 소망을 띄워 보내면 언제쯤 닿을 수 있을까. 손을 뻗어 가슴에 묻어 둘 별 하나, 수런대는 숲에서 주운 문장 한 줄, 수첩을 꺼내 끼적인다. 허리춤에 매달리는 숲의 시계 긴 그림자 끌고 따라온다.

# 마음 볶은 날

분홍색 로드를 말고 있다. 연휴를 앞두고 손님들로 북적거리는 실내 어디선가 또랑또랑한 말소리가 들렸다. 목소리의 주인을 찾아 눈알을 굴리고 있을 때였다. "도저히 이해할 수 없어요. 왜 옷걸이를 안 내리는지, 참다못해 하나에 오백 원씩 주기로 했어요. 나중엔 꽤 쌓이더라구요. 안 좋은 습관이라 고쳐주려는데 잘 안돼요." 여자는 숨도 안 쉬고 생중계를 하듯 말을 이어갔다. "너도 맘에 안 드는 습관이 있지만 참고 말을 안 한 거였어. 그 말을 듣는 순간 깜짝 놀랐어요. 그때 알아차린 거죠."

잰 손으로 로드를 말던 미용사가 눈을 마주치며 말했다.

"맞아요. 부부가 서로 맞춰가는 게 어려운 거 같아요. 늘 옆에 있으니까 잘 알거라 생각하지만 모를 때가 더 많아요."

내가 한마디 거들었다. "어느 대학 교수가 한 말이 생각나요. 자기 친구얘기인데, 친구는 사회에서 성공하고 그러고도 집안 일, 아이들 교육도 소홀하지 않아 성공적으로 키웠어요. 이십오 년 간 손톱이 빠지도록, 헌데 남편이 이혼을 하겠대요. 늘 바쁘거나 아프거나 해서 지겹다는 이유로. 친구는 자존심을 접고 남편을 방면했대요."

바람이 새듯 미소를 흘리며 미용사의 눈이 순간 허공을 응시했다.

“그 얘길 들으니 뜨끔하네요. 무서워요. 사람 마음을 모른다는 게.”

좀처럼 뒤집을 수 없는 가치, 꼭 붙들어 매고픈 생각에 생채기를 내면 서로 목소리를 높였다. 옭매듭처럼 꽉 다문 입에서 불만이 터져 나오면 우리는 허연 버짐이 핀 자리를 긁어댔다. 평소 서로의 공간을 침범하지 않는다면서도 내내 할 말을 삼키고 살 수는 없는 노릇이었다. 남편은 화장실에 들어가면 삼 사 십분을 앉아 있는데, 신혼 때의 신문이 휴대폰으로 바뀌었을 뿐 이따금 잔소리를 해대도 며칠 후면 다시 제자리였다.

한 발 물러서서 보라고 하지만 그 한 발 물러섬이 얼마나 어려운지를 알고 있다. 아니꼬운 눈총도 뻰질나서 어딘가 돌파구가 필요할 때, 나는 청소를 했다. 서로 어깨를 부딪치며 내려앉은 먼지를 털어내고 싶을 때면 걸레를 손에 들었다. 덕지덕지 들러붙은 때를 박박 문대고 나면 속이 뻥 뚫렸다. 그러던 차에 핑계거리가 나타났다. 바퀴벌레였다. 새벽에 일어나 주방에 불을 켜는 순간 쏜살같이 달아나는 벌레를 보면 기겁을 했다. 다음날, 그 다음날도 벌레는 눈앞에서 얼쩡거렸고, 어딘가에 알을 깠을지도 모른다는 불안감은 점점 두려움으로 바뀌었다. 온 집안을 뒤집어 놓고 탈탈 털어내어 쓸고 닦고, 구석구석 의심스런 구멍과 틈을 다 메우고 나서야 벌레는 자취를 감추었다.

“그만 좀 하면 안 되겠어? 청소대회에 나가면 일등은 따 논 당상이지.” 라며 긁어대도 귓등으로 흘려보냈다. 어느 날 구석에 처박혀 있다가 버려지는 물건을 이리저리 뒤적거리던 남편의 얼굴이 굳어지며 “난 언제 버릴 거야?” 톡 쏘이댄 그 한 마디가 바늘이 되어 귀에 꽂혔다. 내 안에 웅크린 그 무엇이 부추기고 등짝을 밀어대는지를 곰곰 생각했다. 몸을 담고 있어도 마음이 불편한 집이라면, 혼자만의 공간에서 자신이 하고 싶은 것도 못하고 산다면, 사는 낙이 무엇일까.

내게 청소는 마음을 정리하는 시간이다. 마음에 켜켜이 쌓인 먼지를 털어내고, 정돈되지 않은 물건들을 제 자리에 놓으면서, 어지럽게 널려있는 욕심, 방향을 잃고 헤매는 자신의 모습을 본다. 왜 여기 오랫동안 방치해 온 걸까. 일상에서 놓치고 있는 것들에 대한 무관심과 게으름을 꾸짖는다. 비워낸 후의 홀가분함, 무엇을 채우지 않아도 비워진 공간의 넉넉함을 본다. 살면서 소홀했던 작은 것들에 관심을 쏟고 다시 주워 담는 시간이다.

물건이 놓여야 할 자리가 있다면, 나는 자리를 제대로 찾아가고 있는 걸까. 내 당연함이 때론 상대에게 불편함이 될 수도, 무거움이 될 수도 있다는 걸 눈치 채지 못했다. 어쩌면 벅벅 닦아내고 싶은 건 먼지가 아니라 자차분한 때를 벗어버리지 못한 나의 황소고집이 아니었을까. 아무렇지도 않은 척 눌러왔던 애먼 소리를 끄집어내고 나서야 닦아내고 버려야만 하는 엇갈린 감정에서 벗어났다. 나의 눈높이로 다가오는 생각이나 느낌이 소중하듯 상대의 단점이나 그늘도 그에겐 소중하다는 것을 알았다.

돌돌 말린 로드를 풀었다. 머리를 헹구고 거울 앞에 앉는다. 응어리진 마음, 뼈 있는 말로 금이 갔던 시간을 풀어낸다. 듣는 시간은 길어지고 말하는 시간이 짧아져야 할 때다. 그래야 턱에 걸린 말 한마디에 샐쭉해져도, 마주보는 얼굴에 얼룩이 묻었다 해도 질끈 못 본 척 넘어갈 수 있을 것이다.

오랜 망설임 끝에 뽀글뽀글한 머리위로 꽃향기 물씬 피어난다.

# 밧개의 아침

바다가 창문 가득 들어온다. 자정이 되어서야 장대비는 그치고 안개비로 잦아들었다. 길게 누운 몸뚱이를 팔로 괴고 밀려오는 파도소리를 듣는다. 잠들지 못해 뒤척이는 밤, 잊고 있던 약속처럼 떠다니는 기억이 먼 실루엣으로 어름어름 지나간다.

어머니의 병실을 지키던 날, 회반죽을 한 벽은 유난히 창백했다. 미로를 통과하듯 똑똑 떨어지는 링거액이 팔뚝에 꽂은 주사바늘에 흘러들었다. 나와 눈이 마주치자 어머니의 얼굴이 순간 일그러졌다. "주저앉고 말았어. 다시 일어날 수 있을까?" 이윽히 바라보는 눈앞이 부옇게 흐려졌다. 툭 터지는 연민을 들키지 않으려고 병뚜껑을 만지작거리던 난 어머니의 머리카락을 쓸어 올렸다. 덜컹대는 비포장도로를 달리며 부서지고 닳아버린 껍데기, 서리꽃 뒤집어 쓴 세월만큼 쓸어주지 못한 아픔이었다.

병원에 든 날로부터 굼뜨게 진행되는 병세에도 무너짐의 조짐은 가팔랐다. 자식만큼 고단한 생을 버텨내는 힘은 없다지만, 자식 잃은 상실감으로 무너지는 아픔도 있다. 큰딸을 먼저 보내고 안으로만 삭이던, 눈물 한 방울 보이지 않던 강마름이 쓰러뜨린 몸이다. 생명이 파고든 몸피에 제 몸을 내어주는 나무처럼, 자식들을 다 품고도 신음소리 없이 묵묵히 견뎌내던 어머니. 성격이 급한 아버지의 잔소리는 한 귀로 흘리고, 암상궂게 내모는 시집살이도 묵묵히 끌어안고 가는 모습이 안타까우면서도 못마땅했다.

쓰러지기 몇 해 전, 밧개 해수욕장 부근에 민박집을 하는 지인의 도움으로 어머닌 달 포 가량 이 곳에 머물렀다. 무릎 수술을 받고 조심스러워도 사뿐사뿐 걷는 어머니를 아버지는 꾀병이라며 나무랐다. 주말엔 온 가족이 모여들었다. 마당에 모깃불을 피워놓고 평상에 앉아 수박, 옥수수를 먹으며 도시에서 실어온 이야기를 풀어냈다. 쾌활하고 왁자한 웃음소리, 장난치는 소리, 밤하늘의 별을 세며 속닥거리는 낮은 시새움, 바람이 잔 날은 고무보트를 타고 바다에 나가 낚시를 하고, 해변에서 놀다 지친 아이들은 고추며 토마토, 가지, 오이가 익어가는 밭고랑 사이를 뛰어다녔다.

어머니의 손을 잡았다. 소리 내어 울지 못한 아픔이, 모진 고통을 안으로 삭였을 고단함이 불거진 마디에 묻어났다. 시부모 모시고 자식 일곱을 키우면서 오빠네 살림까지 하느라 종일 종종거리던 발은 하릴없이 구겨진 시트를 헤맸다. 오랜 세월 아버지가 운영하는 식당에서 쓸 마늘이며 생강을 까느라 손은 늘 축축하고 아린 손끝에 반창고를 처매곤 했다. 빨간 고추를 몇 포대 마당에 부려놓고 배를 갈라 햇볕에 넌 다음 고추를 방아에 찧는 날은 재채기, 눈물, 콧물을 쏟아내며 동네 아낙들까지 매달려 그 일을 했다. 해도 해도 끝이 없는 일로 손등은 갈라지고 손톱은 짓무르다 빠지곤 했다.

퇴원하고 집에 온 후 삭정이처럼 어머닌 시들어갔다. 몸의 진액이 빠지고 허물어진 모습은 훅 불면 날아갈 것 같은 가벼움이었다. 문턱을 넘어온 바람소리에 잠들지 못하던 몸이 둥실둥실 창문을 넘어간 날, 끝내 자리를 털고 일어나지 못한 채 생을 마쳤다. 어머니 가시고 덩그러니 남은 집에 찬바람이 을씨년스러웠다. 손때 묻은 안경테, 반짇고리, 늘 깔아놓았던 요며 이불, 옷가지들이 구정물과 눈물로 얼룩진 보따리에 실려 나갔다. 온갖 서러움과 집착, 한숨으로 굽이진 생이 자취를 감추고, 뼈대만 앙상한 집이 되었다.

주름진 시간을 뒤집어 헤진 솔기를 쓸어낸다. 꼬깃꼬깃 접어둔 지폐를 내 주머니에 찔러 넣으며 어서가라고 등 떠미는 손, 당신의 속내를 드러내지 않고 말없이 건네주던 가뭇한 사랑이었다. 한쪽이 틀어진 나를 끌어안는, 그 한없는 베품 조차 달가워하지 않던 내가 뒤뚱거리며 달려온 곳이 어머니가 머물던 민박집이다. 분주하고 떠들썩한 일상에서 이리 저리 채이며 머무적대는 내가 마지못해 기대는 바다, 갈무리한 시간을 제 몸에 새기는 바위에 앉으면 거칠고 축축한 손이 내 등을 쓸어준다.

바닷길 보이는 창을 열었다. 해풍에 씻긴 소나무에 바람이 둥지를 튼다. 힘껏 뻗은 가지로 생명을 보듬은 나무는 꿈틀대는 수액을 밀어 올린다. 자식을 향한 간절함을 밀고 가느라 뭉툭해진 어머니의 발등처럼 가지의 뒤틀림이 옹골지다. 발돋움으로 세상을 넘보며 커버린, 못내 놓치고 말았던 나를 불러 세운다.

빗밀이 가벼워진 구름 사이로 동쪽 하늘이 열린다. 아득히 밀려난 수평선 위로 바다가 끓어오른다.

# 첫눈

그 날도 첫눈이 내렸다. '아름다운 생을 위하여, 한양 설렁탕 드림.' 개업 선물로 범우사 문고판 오백 권을 주문했다. 반찬 만드느라 탕 끓이느라 모두들 정신없이 뛰어다닐 때, 손가락에 쥐나는 걸 연신 주물러가며 책 앞장에 인사말을 썼다. 창밖을 보니 어슴푸레 날이 밝아오고 개업식 준비를 하려면 집에 가서 눈곱이라도 떼고 와야 했다. 지치고 노곤한 몸을 끌고 가게를 나서는데, 와! 첫눈이었다. 두 팔을 벌려 눈꽃을 가득 안았다.

이층 슬레이트 건물 내부를 다 뜯어내고 시작한 공사가 한 달 반이 넘게 걸렸다. 마당에 큰 가마솥 두 개를 앉히고 주방 외벽에 시를 썼다.

내를 건너서 숲으로
고개를 넘어서 마을로…

—새로운 길, 윤동주

시멘트가 굳기 전에 못으로 글자를 새기고, 로울러로 바탕을 칠한 다음 다시 검정색을 입히는 일이 쉽지 않았다. 찬바람에 언 손을 호호 불어가며 그 일만큼은 내가 나서서 마무리했다.

무엇이든 한 가지만 잘하면 된다는 생각이었다. 소문난 설렁탕집을 찾아다니며 맛을 보고 나니 자신감이 생겼다. 매일 먹어도 질리지 않을 만큼 아버지가 고아낸 설렁탕은 진국이었다. 일선에서 물러났지만 십오 년 간 설렁탕 장사를 했던 아버지를 찾아갔다. 탕 끓이는 법과 김치 담그는 법을 전수해 달라, 상호도 아버지가 했던 가게 이름을 걸고, 가업을 잇고 싶다는 포부를 말하자 딸의 창업을 반겨 주리라던 기대는 호된 꾸지람으로 돌아왔다. "너 혼자서 그걸 한다고? 식당이란 게 그리 쉬운 줄 아느냐? 고생이 말도 못해." 혀를 차며 고개를 저으셨다. "젊어 고생은 사서도 한다잖아요." 틀어쥔 고삐를 놓칠 세라 개업을 서둘렀고, 온 가족이 입을 모아 반대한 이유는 곧 현실로 다가왔다.

한 달 동안 카운터를 봐주고 매일 맛을 점검하던 아버지는 이정도면 됐다, 하며 고개를 끄덕였다. 그러나 아버지의 발걸음이 뜸해지고부터 종업원들의 태도가 달라졌다. 장사 초짜인 내게 경력으로 밀어붙이는 찬모는 속을 무던히도 썩였다. 야채나 고기는 자기가 알고 있는 상식이 전부인양 비위생적으로 다루고, 설거지도 흐르는 물에 하지 않고 휘휘 저어서 건져냈다. 수도세 아끼지 말고 깨끗이 하라고 하면 사장님 돈 벌어 주려는데 왜 잔소리냐며 팔을 내저었다.

하루의 많은 시간을 주방과 홀 청소로 보내는 내게 종업원들은 대놓고 넋두리를 늘어놓았다. "음식점은 원래 지저분해야 손님들이 끓는 거여. 너무 깔끔을 떨면 오던 복도 달아나는겨." 설렁탕, 도가니탕, 꼬리곰탕을 끓여대는 주방장과의 잦은 마찰로 날로 느는 건 한숨이었다. 거기에 한두 번 광우병이 보도되고, 배추파동이 나면 장사를 하는 게 손해일 만큼 타격이 컸다. 정성껏 끓여 뚝배기에 담아내는 국물을 대하는 손님들의 반응은 크게 두 부류였다. "너무 맛있어서 우리 어머니 드리려구요." 냄비를 들고 와서 고맙다고 절하는 사람이 있는가 하면, "국물이 왜 이렇게 뽀해? 여기 뭐 탄 거 아냐? 젊은 사람이 이러면 장사 오래 못해" 홀이 떠나갈 듯 내지르는 입살스런 사람도 있었다.

정직하고 청결하면 성공한다고 한 아버지의 말씀이 땅바닥에 패대기쳐서 으깨지는 일이 하루가 멀다 하고 되풀이되었다. 맘대로 되지 않는 세상에 대한 분풀이는 술이었다. 매일 밤, 술에 취해 귀가하는 아내를 보다 못한 남편이 직장에 사표를 내고 주방으로 들어갔다. 그러나 아무것도 모르는 남편을 가르치는 일로 나는 더 날카롭고 예민해졌다. 눈만 뜨면 이기죽대는 신경전으로 남편도 함께 지쳐갔다. 그동안 종업원들, 손님들에게 받았던 설움과 고달픔을 멸시와 모욕으로 바꿔 남편에게 퍼부어댔다. 자고나면 몸속에 독버섯이 한 뼘씩 올라왔다. 이듬해 다시 광우병 파동으로 세상이 떠들썩하고 문 닫는 식당이 잇따랐다. 깊이를 알 수 없는 수

렁에 점점 빠져들어 몸을 가누기 어려웠다. 사는 게 뭐 길래, 이토록 아등바등 몸부림치는가.

손님이 뜸한 시간이면, 이층 골방에서 창틀에 턱을 괴고 담배를 입에 물었다. 폐 깊숙이 빨아들인 연기처럼 그을린 상처가 온 몸을 돌아다녔다. '가자. 언젠가 맞을 죽음이 조금 빨리 온 것 뿐 인걸. 그냥 연기처럼 사라지자.' 거리를 오가는 사람들의 모습이 물결처럼 출렁거렸다. 문득 길 건너편 빌딩 사이로 낡은 간판이 눈에 들어왔다. 장례식장, 이따금 조문객들이 우리 식당에 와서 나누는 이야기는 저마다 사연이 구구절절했다. 카드대금 삼 천 만 원 때문에 자살한 스튜어디스, 오토바이 사고로 먼저 간 아들… 대부분 제 명을 다하지 못하고 생을 마감한 고객을 대상으로 십년을 넘게 성업 중이었다. 어쩌면 여기서 장사를 시작한 게 운명일지도 모른다는 생각이 마음 한 구석을 헤적거렸다. 빌딩 사이 허름한 간판이 점점 가까이 다가왔다. 지나온 상처는 살갗에 생채기를 내듯 사나웠고, 달력만 쳐다보며 시간이 느리게 흘렀다. '아이들 방학할 때까지 기다리자. 여기서 시작했으니 여기서 끝내자.'

말없이 고개만 저으며 지내던 시간, 전혀 예상치 못한 곳에서 운명은 나를 기다리고 있었다.

# 거스러미

손을 베었다. 흙 속에 숨어있던 가시가 살을 파고들었다. 소금물에 알타리를 절이고 허리를 펴니 여민 옷깃에 찬바람이 훅 끼친다. 반창고를 처매고 비질하던 손을 내렸다. 밤새 내린 비로 마당에 떨어진 담쟁이 잎이 수북하다. 단풍잎을 하나 주워들었다. 빗물에 젖어 축축한 잎사귀를 가만히 쓸어본다. 연분홍 꽃잎처럼 고왔던 언니의 모습이 어른거린다.

한 밤중 요란하게 울리는 벨소리에 놀라 수화기를 들었다. 부음을 알리는 소식에 허둥지둥 오빠 집으로 달려갔다. 정적이 깃든 주택가 골목에 경찰차의 경광등이 번쩍이고 건물 입구에 구급차가 서 있었다. 초조한 얼굴로 서성대는 올케와 조카를 지나 헐레벌떡 오층 계단을 뛰어올라갔다. 현관을 열고 거실로 통하는 문을 여는 순간, “들어오시면 안 됩니다.” 두 팔을 벌리고 남자가 막아섰다. 터져 나오는 외마디소리를 삼키느라 입술을 깨물었다. 실오라기 하나 걸치지 않은 나신 주위로 서너 명의 남자들이 웅크리고 앉아 무언가 말을 주고받으며 고개를 갸웃거렸다.

깊은 잠에 빠진 듯 누워있는 언니의 몸은 희고 창백했다. 유리문을 통해 지켜보는 내 가슴은 두 방망이질했다. 며칠 전 가게를 다녀 간 언니의 모습이 선명하게 떠올랐다. 그 날 초등학교 동창 모임에서 웃고 떠들고 취기가 오른 언니를 가게 앞에서 배웅할 때 몇 마디 주고 받았을 뿐이다. 조금 비틀거리며 경사진 길을 내려가다 뒤를 돌아보고 손을 흔들던 모습, 얼굴에 번지던 쓸쓸한 미소, 펄럭이는 옷자락을 끌어내리던 가방. 그게 마지막이 될 줄이야.

'왜 그랬어? 죽고 싶도록 괴롭다는 말 한마디 안했잖아. 어떻게 아무 말도 없이 떠날 수 있는 거야?' 움질대며 쏟아지는 물음, 원망과 슬픔이 목울대를 비집고 올라왔다. 맞닥뜨린 현실이 꿈만 같아 머릿속은 자꾸 영사기를 돌려댔다. 언니와 걸었던 해운대 밤바다, 모락모락 김이 나는 목욕탕에 앉아있는 발그레한 볼, 무작정 집을 뛰쳐나와 언니가 사는 비좁은 살림집에 들어서면 말없이 내밀던 따뜻한 손. 동네 포장마차에서 함께 소주잔을 기울이며 밤하늘을 쳐다보던 까만 눈동자.

유서 한 장 없이 홀연히 떠난 언니의 입은 굳게 닫혀 있고, 부검을 마치고 돌아온 주검은 미궁에 빠진 우리를 조롱하는 듯했다. 우리는 저마다 가슴을 파헤쳐 하나의 무덤을 만들었다. '나 때문이야. 그때 내가 그렇게 하지만 않았어도…' 자신에게 매긴 죗값을 저울질하고 자책의 회초리를 휘두르며 괴로워했다.

형식만 갖춘 조촐한 빈소에 문상객이라곤 아버지와 형제들, 일본서 급히 날아온 형부 요시다뿐이었다. 겉보기에도 후줄근하고 음산한 장례식장은 이틀 동안 새로운 빈소가 차려지는 일도, 동행하는 망자도 없이 언니는 혼자였다. 얼룩진 바닥에 웅크리고 앉아 긴 침묵이 이어지고, 장마 끝에 눅눅한 공기가 굴 같은 통로를 떠다녔다. 이 무슨 얄궂은 우연인가, 건너편 가게 이층 창문에서 바라보며 점찍어 둔 장례식장, 살아갈 이유를 찾지 못해 생의 종지부를 찍으려했던 내가 남겨 두었던 마지막 비상구, 여기서 언니를 만나게 될 줄이야.

깊은 상처는 드러나지 않는다. 깍두기, 김치를 버무리고, 손님 앞에 뚝배기를 내려놓고, 청소하고, 아무렇지도 않게 시간이 흘렀지만 내 안의 슬픔은 더 깊어졌다. 언니와 함께 했던 시간이 짓물러 흥건해지도록 나는 그 자리에 붙박여 있었다. 하루하루 악몽에 시달리며 축 늘어진 시간이 지나갔다. 그을린 상처를 동여매느라 목이 타들어가고, 슬픔과 무력감에 허옇게 말라버린 눈물자국만 선명했다. '그때 좀 더 따뜻하게 해 주었더라면…' 뒤를 돌아보고 헐어내면 다시 고개 드는 미련과 웅성거림이었다.

설렁탕집이 자리를 잡은 슬레이트 이층집은 담쟁이가 자랐다. 가게 문을 열기 전 마당을 쓸고 차를 마시는 게 하루의 시작이던 그 때, 내가 넘어야 할 벽은 너무 높고 가팔랐다. 뜨겁게 달아오른 벽을 움켜쥔 담쟁이의 덩굴손처럼, 작고 연약한 손을 내밀어 단단히 매달려 기어가는 모습이 흡사 언니의 삶 같다고 느낀 건 그 날 아침이었다. 몇 달을 멍한 상태로 보내던 나는, 살 속에 파고든 가시처럼 강마른 내 모습을 보았다. '너의 삶이 참을 수 없는 고통이라면 그것을 끝낼 용기가 있는가.' 비참한 언니의 주검에서 미래의 자화상을 보자 퍼뜩 정신이 들었다. 제대로 뛰어보지도 못하고 오작동 버튼만 누르다 종착역에 다다를 순 없었다. '살아야지, 무너진 자리, 여기서 다시 시작하는 거야.'

상처가 아문 자리에 일어난 거스러미를 뜯어냈다. 여물지 못한 마음에 불쑥 모난 생각이 가시를 세우면 허둥대며 뒷걸음친다. 갖지 못한 것에 머물 수 없는 것에 집착하고, 불행이 왔을 때 줄곧 도망칠 궁리만 했다. 때로 삶은 잔혹하고 견딜 수 없는 절망을 내 앞에 부려놓는다. 끝날 거 같지 않은 고통이라도 결국 기억 속에 가라앉고, 부려놓은 그늘을 덮고 지나간다. 아무도 들어주지 않는 넋두리를 속으로 삼키고 내 안의 웅성거림이 머쓱해지면, 덜 보고 덜 들으며 가야하는 길, 구불구불 휘어진 길에서 앞으로 나아가는 힘은 무엇일까. 떨어진 잎을 쓰레받기에 담고 깍지를 풀었다.

# 어제를 벗다

마른 침을 삼켰다. 매일 침과 물리치료, 파스를 붙여도 대바늘로 쿡쿡 쑤셔대는 허리통증은 조금도 나아지지 않았다. 요통은 며칠 만에 낫는 병이 아니다. "여기 오는 환자들도 일 년이 넘게 물리치료를 받는다, 정 아프면 정형외과에서 엑스레이를 찍어보라."며 한의사는 조급해하는 나를 나무랐다.

다음날 정형외과에서 허리디스크 진단을 받았다. 몸 속 어긋난 뼛조각이 내 삶을 엉망으로 헤집어놓은 게 괘씸하면서도, 그러면 그렇지 디스크가 아니고서야 이렇게 아플 수 없잖아, 라며 안심했다. 한방 침이 주사와 약으로 바뀌었을 뿐 달라진 건 없었다. 병원의 물리치료사는 불친절하고, 혼자 떠들어대는 TV소음 때문에 더 예민해졌다. 팔 일째 되는 날, 더는 견딜 수 없어 조바심이 난 나는 언제까지 다녀야 하냐고 의사에게 다그치듯 물었다. "석 달 동안 물리치료 받고 그래도 안 나으면 수술해야 됩니다."

오월의 화사한 햇살이 원망스러웠다. 집에 오자마자 쓰러지듯 누워 펑펑 눈물을 쏟아냈다. 허리디스크로 평생 복대를 풀지 못했던 어머니. 내가 그 신세가 되고 말다니, 어머니처럼 죽는 날까지 복대를 차고 살아야 한다면, 눈앞이 캄캄했다. 땀띠가 나도록 찜질기를 꿰차고 뭉그적대는 내 처지가 한심스러웠다. 뒤채는 원망도 볼멘소리도, 지나쳐온 우연을 곱씹으며 방에서 악을 쓰는 것도 지쳐갈 때쯤 머리맡에 딸랑종이 놓였다. 목이 말라도 딸랑, 화장실 가고 싶어도 딸랑, 남편은 종소리를 듣고 달려왔다. 마음대로 움직일 수 없는 몸은 한낱 비개덩어리였다.

누우면 땅으로 꺼질 것 같은 무력감, 방에서 옷을 챙겨 입고 무거운 몸을 끌고 현관까지 나오는 일이 무엇보다 힘들었다. 다리를 끌다시피 어기적대면서도 매일 공원을 걸었다. 하루에 두 번, 눈이 오나 비가 오나. 무엇이든 빨리 빨리 해대는 내가 앞서가는 마음을 뒤쫓느라 허덕이고, 담벼락 귀퉁이를 잡고 간신히 서있는 모습이 초라했다. 지금까지 선명하게 그었던 선들이, 당연하게 여겼던 일들이 하나 둘씩 지워지고 몸의 소리가 들려왔다.

몸을 낮추고 납작 엎드려야 보이는 세상이 있다. 마른 잎처럼 서걱거리는 몸시중을 위해 스스로 엎질러놓은 그늘도 함께 걸었다. 내 눈높이에서 보는 세상을 좀 더 낮추고, 상식 밖으로 밀려난 이야기에 귀를 기울였다. 책에서는 육 개월이 지나면 웬만한 디스크는 저절로 낫는다는데 그게 정말일까? 십분만 걸어도 허물어지듯 벤치에 주저앉았다. 공원에서 활기차게 걷는 사람을 볼 때면 나도 모르게 눈시울이 붉어졌다.

느리고 더디지만 차츰 앉아 있는 시간이 조금씩 늘었다. 그러나 다리와 허리의 통증은 여전하고 육 개월 후의 완치는 꿈같은 일이었다. '나을 수 있어. 반드시 나을 거야. 병원에 가지 않고 수술하지 않고도 완치될 수 있다는 걸 언젠가 책으로 쓰고 말거야.' 주저앉고 싶을 때마다 마음을 다잡았다. 일 년이 지나서야 동네를 벗어나 조금 멀리 떨어진 산으로 갔다. 바위틈에서 자라는 이끼도 반갑고, 나뭇가지를 훌쩍 뛰어넘는 청설모도 반가웠다. 혼자서 걸을 수 있다는 것에 와락 눈물이 쏟아졌다.

독서하는 시간, 책상에 앉아있는 시간이 늘자 다시 악화되었다. 허리와 무릎의 통증이 제자리로 돌아간 듯 들쑤시고 잠도 못잘 정도로 아팠다. 참다못해 병원에 가서 병력을 얘기하자 MRI촬영을 권했다. 결과는 뜻밖이었다. 어디에도 디스크 흔적이 없다는 말에 실망했지만, 며칠 물리치료하고 집에서 안정하라는 의사의 권고를 무시하고 바로 공원으로 달려갔다. "당신은 너무 무리하는 게 탈이야. 브레이크가 필요해." 조금만 더, 한 바퀴만 더, 하며 걷다가 다리에 힘이 빠져 부축을 받으며 집에 오기 일쑤였기에 뒤통수에 대고 남편은 잔소리를 늘어놓았다.

허리디스크 진단을 받고 팔일 만에 병원을 그만 둔 것은 실로 무모한 모험이었다. 질병은 삶의 리듬이 깨지고 몸을 혹사시킨 결과이니 다시 회복할 수 있는 것도 자신에게 달려있다는 믿음이 있었기에 가능했다. 병의 원인을 찾아 도서관을 들락거리던 중, 우리 몸 낱낱의 세포에는 의식이 있고, 부지불식간에 일어나는 감정의 배후에 마음이 있다는 걸 알았다. '몸과 마음이 하나로 연결되어 있다.' 이 단순한 문장이 명상의 길로 이끌었다. 도대체 마음이 무엇이길래? 마음이 치유되면 병이 사라진다? 병의 원인을 밖에서 찾으려던 시선을 안으로 돌렸다. 잘못된 생활습관, 스트레스, 인간관계, 나와 연결된 고리와 매듭을 하나씩 풀어갔다.

아무리 커도 절망은 제 키를 넘지 못한다고 한다. 돌아보면 힘겨웠던 모든 순간이 오늘을 있기 위한 연습이었다. 혼자 걷는 길, 외롭고 슬프고 고통스런 시간 속에서도 내일이라는 희망이 있어 참기 어려운 오늘을 견딜 수 있었다. '어제를 벗자, 내일은 올 거야.' 허덕허덕 지쳐 기대앉아서는 오늘, 오늘만 살자 했다. 이제 디스크 진단을 받은 지 이십년이 흘렀다. 여전히 어제 못 다한 일에 매달리고, 이따금 귓속에서 웅웅대며 바람이 지나가지만, 달달한 커피를 홀짝거리며 상상한다. 오늘은 어떤 좋은 일이 생길까?

# 천칠백오십 그램의 행복

공항으로 가는 발걸음이 무겁다. 언제 다시 만날 수 있을까, 애써 태연한 척 웃지만 마음은 울고 있었다. 비행기가 시서히 움직였다. 활주로에 가라앉은 안개를 헤치고 비행기 동체를 따라 남자가 걷고 있다. 지면을 끌고 가듯 밧줄로 연결된 남자의 몸이 빗물에 번들거린다. 거역할 수 없는 운명에 이끌려 꽉 틀어쥐고 걸어온 내 모습 같다. 의자에 등을 기대자 지난 일들이 슬며시 고개를 든다.

"착각하는가 본데 여자애다 아이가! 그니까 '모쿠리' 라고 지으라카이." 며느리가 임신 오 개월쯤 태몽을 꾸었다. 태동이 대단하여 사내아인 줄 알고 있을 때라, 태아의 바람대로 이름을 모쿠리로 정했다. 새 생명의 잉태로 한껏 들떠 있던 어느 날, 초음파검사로 이상을 발견한 동네 의사가 대학병원에서 정밀검사를 받으라는 소견서를 냈다. 그리고 청천벽력 같은 진단이 내려졌다. 앱스타인병. 중증 장애를 가진 태아를 살릴 수 있는지에 대해 의사들은 머리를 맞대고 방법을 찾았다. 심장의 피가 계속 역류하고 있어 태아가 위험하다, 더 이상 기다릴 수 없다며 칠 개월 반 만에 수술을 감행했다. 천칠백오십 그램이었다. 여리고 가냘픈 혈관으로 심장의 반쪽이 움직임을 멈춘 상태로 모쿠리는 세상에 나왔다. 태어나자마자 두 시간 넘게 걸린 수술이지만 어려운 고비는 무사히 넘겼다. 앞으로 수술을 세 번 더 받아야 하고, 정상인처럼 달리지 못한다, 성장하며 수많은 제약이 따른다 해도 우리에겐 더없이 소중한 생명이었다.

모쿠리가 태어나고 열흘 후, 고베공항으로 마중 나온 아들과 함께 병원으로 갔다. 병원 입구에서부터 집중 치료실에 이르기까지, 간호사의 질의응답 등 몇 번의 통과의례를 거치고서야 겨우 작은 침대에 다가갔다. “엄마, 모쿠리 보고 놀라실까 봐 미리 말씀드려요.” 이 말을 듣긴 했어도 아기가 그렇게 작을 줄이야. 한국에서 사간 곰 인형보다 작았다. 장난감 같은 작은 침대 주위로 모니터와 기계들이 빽빽이 둘러 서 있고, 수많은 그래프와 수치들이 웅웅거렸다. 수십 개의 관이 코, 입, 머리, 전신에 연결되어 있어 만질 수 있는 데라곤 손가락 하나로 가릴 만큼 좁은 이마밖에 없었다.

하루가 열흘처럼 지나갔다. 긴급 상황에 대비해 가슴을 열어놓은 채 침대와 하나가 된 아기는 한동안 엄마 품에 안기지도 못하고, 한 동작을 배우는데도 며칠이 걸릴 만큼 성장이 느렸다. 가장 위험하고 난이도가 높은 두 번 째 수술이 임박했다. “무서워요. 혹시 잘못될까 봐.” 울먹이는 아들의 절망과 한숨이 전화선을 타고 흘렀다. 몇 년 전, 남자아이가 두 번째 수술을 받고 끝내 엄마 품으로 돌아가지 못했다는 소식은 우리를 두려움에 떨게 했다. 의사들도 수술의 성공여부를 두고 자신하지 못했다. 신이 주신 생명을 거두는 것도 신의 몫이니 우리는 최선을 다하는 수밖에 없다며.

고베공항에 내린 건 두 번째 수술을 앞두고서였다. 잿빛 구름 사이 어둠이 내리는 항구의 깜박임이 별처럼 반짝였다. 납덩이같은 불안을 휘휘 저으며 시간은 느리게 갔다. 밤새 잠을 설치고 이른 아침 숙소를 나와 병원으로 갔다. 바퀴달린 이동 침대가 긴 복도를 따라 수술실 입구에 멈춰 섰다. 작고 연약한 모쿠리 손을 잡았다. "힘내라. 힘내!" 사돈어른들, 아들과 며느리, 남편과 나는 큰 소리로 응원했다. 곧이어 수술실 문이 닫히고 한동안 자리를 뜨지 못한 채, 축축한 눈가를 훔치고 있을 뿐 아무도 입을 열지 못했다. 어쩌면 이것이 마지막이 될지도 모른다는 생각을 하니 가슴이 무너졌다.

다음날 오후 여섯시. 하루 한 번뿐인 면회시간이었다. 아직 마취에서 깨어나지 못한 아기 곁에서 움직이는 거라곤 모니터에 깜빡이는 숫자, 기호, 물결치는 곡선들뿐이었다. 어린 생명을 살리기 위해 밤낮으로 지키고 돌봐주는 많은 사람들의 노고와 정성, 헤아리기 어려운 고단함에 절로 고개가 숙여졌다. 면회 온 우리를 볼 때마다 상냥하게 인사하고 의자를 끌어 와 앉으라고 청했다. 몸에 밴 친절, 환한 미소, 자긍심으로 임하는 자세, 슬픔의 자리에 먼저

와 앉는 감동이었다.

불규칙한 이상기류에 갑자기 창밖이 흐려지고 기체가 심하게 흔들린다. 덜컹거리는 소음이 기내에 떠다니고, 독서 등을 켜고 책장을 넘기는 남편과 눈이 마주쳤다. 힘겨운 생을 양손에 틀어쥐고 지나온 시간들. 이대로 추락한다 해도 같이 할 운명이니 이내 부석거리던 마음도 잦아든다. 묵묵히 기다려 준 세월이 석양에 반사되어 반짝이는 운해가 동체를 밀어 올린다.

동동거리고 애태우던 일정을 마치고 인천공항에 내렸다. 혼잡한 로비를 빠져 나오자 성크름한 시월의 바람이 우리를 반긴다. 모든 게 숙연함으로 다가왔다. 무겁게 곤두박질치는 비명도 혼자 우는 원망도, 끊어질 듯 이어지다 썰물처럼 빠져나가는 인간관계도 대수롭지 않았다, 나를 슬프게 하고 아프게 했던 일의 굴절된 상처가 형체를 무너뜨리고 희미하게 번져갔다, 짐짓 모른 척 돌아서는 팽팽한 신경전에서 한 발 물러서는 일이 조금은 쉬워졌다.

모쿠리의 시간은 더디다. 태어난 지 십사개월, 막 서기 시작했다. 머지않아 한 발 떼고 나면 두 발, 세 발.. 기우뚱 넘어지고 비틀거리면서 멈추지 않을 발걸음이다. 모쿠리가 혼자 숨 쉬는 법을 배우는 동안, 나는 혼자 앉는 법을 배웠다. 감당하기 어려운 감정과 두려움으로부터 도망치지 않고 정면으로 마주보는 법을 익혔다. 어린 생명이 심장에 펌프질을 하고 새로운 혈관을 만드는 동안, 이 모든 고통이 생사의 경계를 넘어선 곳에 이르기를, 진정 살아가는 목적이 무엇인지를 묻는 자성의 시간이었다.

슬픔은 서둘러 오고 행복은 더디 온다. 오늘 내게 온 슬픔을 밀쳐내지 않고 끌어안으면 그 눈물이 기쁨으로 바뀐다는 걸 나는 알고 있다. 천칠백오십 그램으로 시작된, 눈물로 얼룩진 슬픔을 지나 별처럼 쏟아지는 기쁨의 날이 온다는 걸.

# 삶, 끌어안기

집을 나섰다. 횡단보도를 건너는 중 눈앞에서 일어난 사고였다. 우회전하는 승용차에 치어 오토바이와 함께 타고 있던 학생 둘이 쓰러졌다. 뒤에 타고 있던 학생이 튕겨져 나가 차도와 인도를 연결하는 홈에 처박혔다. 비가 올 거란 예보로 행인도 뜸하고 횡단보도를 건너는 사람은 나 혼자였다. 마침 교통 정리하는 자원봉사자가 있어 사고 차량과 오토바이를 한산한 곳으로 빼내고 사고 경위를 조사하고 있을 때, 정신이 나간 채 멍하니 서 있는 학생에게 다가갔다.

학생의 입술이 터져 피가 맺히고 어깨와 팔에 구정물이 얼룩졌다. "괜찮아요? 누가 잘못한 거죠?" "승용차가 너무 가까이 다가오더니 밀어 붙였어요." 순식간에 일어난 일로 학생이 붕 떠서 날아가는 걸 본 나 역시 가슴이 벌렁거리고 한 대 얻어맞은 듯 얼떨떨했다. "병원에 가서 꼭 진찰을 받도록 해요. 교통사고 후유증은 오래가니까 지금 멀쩡하다고 해서 안심하거나 방치하면 큰일 나요." 머리를 심하게 부딪쳐 정신이 멍한 상태에서도 학생은 자기 얼굴이 어떠냐고 물었다. 병원에 갈 것을 거듭 당부하고 발길을 돌렸다. 제발 아무 일 없어야 할 텐데.

산길을 걸으며 불안과 걱정에 자꾸 걸음이 느려진다. 문득 오래 전에 읽은 <잠수복과 나비>가 떠올랐다. 운전 도중 충돌사고를 만나고 별다른 외상없이 집에 왔으나 며칠 후 갑자기 쓰러져 병원에 입원해보니 뇌출혈이었다. 전신마비가 오고 휠체어를 탄 채 잠수복 같은 환자복을 입고 재활을 시도하지만 결국 몇 개월 후 숨지고 만다. 나비가 되어 훨훨 날아가는 꿈을 꾸며 투병기를 쓰는 과정은 극한 속에서 한 땀 한 땀 생명의 수를 놓는 처절하고 숭고한 인간 정신을 담고 있다. 책을 읽고 나서 영화를 보는 내내 가슴이 저리고 뭉클했다. 왼쪽 눈꺼풀을 이십 만 번 이상 깜박거려 완성한 글은 슬프지만 아름다운 생명의 존엄, 죽음을 앞두고 마지막에 할 수 있는 게 무엇인가를 생각하게 했다. 머리는 깨어있고 몸이 마음대로 움직일 수 없다면, 생명을 연장시키는 기계장치에 둘러싸여 눈꺼풀만 움직일 수 있다면… 암담하고 힘든 상황에서도 유머를 잃지 않는, 마지막 순간에도 멋지게 작별 인사를 할 수 있는 용기가 나에게 있을까 돌아보는 시간이었다.

"만약 한 달 밖에 살 수 없다면 당신은 무엇을 할 것인가." 라는 주제를 놓고 문우들과 토론을 한 적이 있다. 평소와 다름없이 가족들과 밥을 먹고 그동안 소홀하거나 함께하지 못한 시간을 갖는다. 손주들과 좀 더 많은 추억을 만들고 싶다. 형제, 친구들과 시간을 보내고, 내 삶의 자양분이 되었던 고향을 다시 한 번 보고 싶다, 가족들과 미뤄두었던 여행을 하고, 건강할 때 내 모습을 동영상으로 찍어 두고 싶다. 죽음의 문턱에서 돌아온 경험으로 삶의 기쁨과 고단함을 담아낸 내 작품집을 남기고 싶다. 가족에게 나를 기억할 수 있는 선물을 하고 싶다. 대부분 마지막 인사를 나눌 수 있고 떠날 준비를 함께 할 수 있는 가족, 친구에게 감사하는 마음이 가득했다.

만약 내 삶이 한 달 밖에 남지 않았다면, 제일 먼저 하고 싶은 건 오헨로 순례길을 떠나는 것이다. 일주일의 여정이니 팔십 팔개 성소를 돌려면 걸어서는 불가능하고 차를 타고 가리라. 둘째 주는 가족, 친구, 지인에게 편지를 쓰고 싶다. 셋째 주는 초대장을 받고 온 사람들에게 내가 정성껏 만든 음식을 대접하면서 편안하고 느긋한 시간을 보내고 싶다. 이미 작별인사를 마친 후라 마지막 주는 오직 혼자만의 시간을 갖고 싶다. 조용한 암자를 빌려서 위빠사나 수행을 하며 최후를 맞고 싶다. 그러나 삶이란 게 그렇지 않은가. 예상에서 빗나가고 예기치 않은 일로 혼란스럽고 복잡한 게 인생인지라 생각처럼 될런지는 알 수 없다.

죽음은 한 번 뿐인 최후의 경험이기에 연습할 수 없다. 상실은 남은자의 몫이 되어 오래 머문다. 상실 후에 찾아오는 공허와 슬픔, 분노로 절망했던 경험이 내게도 있었다. 갑자기 맞닥뜨린 상황에서 회복되기까지 오랜 시간이 걸렸다. 더욱이 내 삶의 정신적인 지주였던 큰언니가 죽었을 때 환청과 환각에 시달리며 불면의 밤을 지새우곤 했다. 거미줄처럼 옭아매는 감당할 수 없는 감정과 밤새 씨름하고 다음날이면 일어나 식구들 밥을 차려야하고 설거지, 빨래 등 아무렇지도 않게 일상을 살아야 한다는 게 비정상적인 일처럼 느껴졌다. 슬픔은 벽도 없고 바닥도 없이 끝없이 이어지는데, 삶은 정해진 시간이 있다는 게 두렵기까지 했다. 그렇게 살아있는 것조차 죄의식을 느낄 만큼.

비온 뒤 아침 산책길에서였다. 무엇에 밟혔는지 몸이 두 동강이 나서 꿈틀대는 지렁이가 발아래 있었다. 살려고 몸부림치는 모습에서 언니를 돌보지 못한 자책과 환멸에 허우적대는 자신을 보았다. 무엇이 나를 여기까지 끌고 온 걸까. 그악스레 끌어안고 놓지 못하는 게 무엇인지, 물먹은 솜처럼 가라앉은 내면을 들여다보고 내가 원하는 게 무엇인가를 물었다. 기억에서 지워지지 않는 슬픔이라면 지우려 애쓰지 말고 그 안에 머물러 있어도 되잖아, 주위를 둘러보니 세상은 고통과 슬픔, 절망 속에서도 아침이 오고, 학교를 가고, 일터로 나가고, 살아있기에 느끼는 감정의 굴곡이 나만의 것은 아니었다. 내가 두려워하는 일들이, 원하든 원하지 않든 막을 수 없다는 건 자명한 일이었다. 추상적이고 모호한 개념에서 구체적이고 심오한 그 무엇을 죽음은 말하고 있었다. 그 날 이후 내 삶은 그대로였지만 세상을 바라보는 시선은 변화를 거듭하면서 더 이상 죽음은, 두려움이 아닌 삶의 또 다른 변화임을 받아들이게 되었다. 진정 자신이 바라는 죽음을 위해 어떻게 살아야

하는지에 초점이 맞춰졌다. 그토록 꿈꾸고 갈망하는 삶을 위해 어떻게 사랑할지를, 어떻게 삶을 으스러지게 껴안을지를.

# 먼지

먼 산 중턱에 비구름이 걸려 있다. 눅진한 공기가 내려앉아 짓다만 건물 공터에 맴돈다. 아파트 진입로에 새로 생긴 횡단보도를 건너 사거리로 접어든다. 비슷한 문구의 현수막을 뒤로 하고 아직 셔터를 올리지 않은 상점을 지난다. 지붕위에 올라앉은 덩치 큰 물탱크가 구름사이로 삐죽이 머리를 들고 있다.

나뭇가지 사이로 희끗희끗 잿빛 구름이 몰려간다. 비탈진 언덕에서 내려온 가랑잎이 덤불숲에 웅크리고 앉았다. 옷깃을 여미게 한 바람이 시간을 거슬러 산허리를 돌았다. 물기를 머금은 음산한 공기가 스며들어, 발끝에 걸리는 돌멩이에서 낯선 침묵이 앞질러 간다.

지금 나는 어디를 향해 가는가. 어리석은 질문에 하릴없는 분노가 물밀 듯 차오른다. 얼기설기 엮어낸, 가난이란 두 글자를 끌로 새긴 가슴에서 새어나온 설음(舌音), 밑바닥에서부터 저어대는 부풋한 먼지의 무게다. 침묵은 무의식과 아만(我慢)의 경계에 서 있다. 폭우가 쏟아지는 차 안에서 비를 긋고 기다리는 날 세운 전율처럼, 치미는 염오를 밀고 발아래 누운 상념을 묵묵히 밟고 간다. 납덩이처럼 응고된 기억을 안은 채 바람도 침묵 속에 갇혔다.

쫓기듯 이삿짐 차를 앞세우고 낯선 도시로 내려오는 차 안에서 나는 펑펑 울었다. 둑이 터진  눈물샘이 수문을 열고 '다시는 서울로 돌아가지 않을 거야.' 고향을 등진 설움에 날선 외마디였다. 무엇을 해도 걸림이 없고, 어디에도 얽매이지 않는 허물 벗은 매미처럼 생의 겉껍질을 벗어던지고 싶었다. 그러나 갈피를 잡지 못해 줄곧 의지와는 다른 허방다리 짚고 온 곳이 지금 여기다.

누군가 그것을 볼 때 시간을 알려주는 시계는 스스로 아무짝에도 쓸모없다. 나 역시 스스로를 벽에 걸고 관념이 이상을 저어하는 시선으로 줄곧 살지 않았던가. 누군가의 아내로. 누군가의 어머니로. 소유격이 먼저 내걸리는 나의 그것을 지우고 나면 무엇이 남을까. 벌거숭이다. 들어 올린 목각 인형처럼 비쩍 마른 손발로 허우적거리다 제자리를 맴도는 초침과 같이 시간의 그물망에 걸린 먼지처럼 살았다.

삶에서 이따금 상식을 벗어난 일이 일어난다. 단 한 번의 실수, 단 한 번의 선택으로 모든 것을 잃거나 모든 것을 얻기도 한다. 이치와 분별을 갖춘 일이 주저앉고 터무니없이 허황된 일이 주목받기도 하는, 삐걱거리며 돌아가는 생의 모순에 얄팍한 기대마저 저버렸다. 문제의 원인을 허방한 곳에서 찾고 있으니. 부풀었던 풍선이 터져야 비로소 보이는 상실과 불행은 우연을 가장한 필연이다. 어긋난 솔기를 바로잡으려면 다시 뜯어내야 하고, 모나고 미어진 곳은 굽어진 길로 들어서야 보인다. 힘겹게 줄다리기한 흔적이 돌무더기처럼 쌓였을 뿐, 지금도 나는 게으른 소몰이꾼이다.

고개를 숙이고 앞서가던 침묵이 돌아섰다. 저만치 오리나무 숲으로 바람이 비척거린다. 가지에 걸쳐놓은 거미줄이 파르르 떨고, 소리 없이 요동치는 풀벌레의 발버둥이 머리채를 잡아끈다. 어쩌다 잘못든 길에서 비전과 모반의 올가미는 혼재되어 있고 나의 선택을 강요했다. 짙은 안개에 휩싸이듯 나뭇가지에 걸린 표식을 따라 조심스레 발을 내딛는다. 진자처럼 흔들거리는 물음을 안고 묵상을 앞에 세웠다.

샛길로 들어섰다. 떠나지 못하고 보내지 못한 마음이 발부리에 걸린다. 길 위에 서면 길이 보이지 않는다. 길을 벗어나야 비로소 제 모습을 드러내는, 나의 길은 망설임과 번민으로 마냥 더디다. 이 길은 나의 길인가. 가슴을 열어 헤집는 물음이 바닥에 닿기도 전에 투명한 끈처럼 몸뚱이를 휘감았다. 살면서 깁고 또 기운, 촘촘한 그물망에 걸린 먹이의 몸부림처럼.

언젠가 산길에서 나뭇가지인줄 알고 밟으려다 화들짝 놀란 일이 있다. 허연 배를 드러내고 두 동강이 난 채 주둥이를 쩍 벌린

실뱀이었다. 살아선 줄곧 은신처를 찾아들었을 미물이 죽어서 누운 자리가 햇볕 아래 나무 둥치였다. 어둠과 습기에 길들여진 몸으로 삶의 가장자리를 기웃거리다 불현듯 생사의 경계를 넘어서면 드러나는 삶의 정체는 무엇일까. 바람에 떠밀려온 나뭇잎이 덮어주고 켜켜로 다져진 땅속에서 정해진 목숨을 살다 최후를 맞는 순간, 섬광처럼 스쳐간 천공의 빛이었을까.

모호함의 경계에서 등에 꽂힌 묵직한 시선을 따라 걷는다. 탐욕의 덮개를 들쓰고 휘두르는 지팡이는 스스로의 몸을, 영혼을 두동강이내고도 초연하다. 먹줄처럼 반듯한 삶과 질박하고 옹이진 삶, 어느 쪽을 택하든 그물망을 벗어던질 손은 자신밖에 없다. 겪을 만큼 겪고 뒹굴 만큼 굴러야 야물어진다. 어깨를 적시는 안개비처럼 빈곤은 또 다른 결핍으로 제 몸을 적신다. 몸서리치는 가난을, 맵고 아린 고통을 으스러지게 안으면 남는 것은 먼지의 흔적, 묵언(默言)이다. 주어진 삶에 몸을 맡기고 납작 엎드려 엉금엉금 기어서라도 가야한다. 끌어안고 다독이며 가는 길이 눈앞에 선연하다.

웅덩이나 돌멩이는 있을지언정 길에 함정은 없다. 내일 무엇이 기다리고 있을지, 무엇이 삶의 언저리에 튀어나올지 알 수 없지만 발에 체이는 돌멩이는 지금 가는 길이 어디쯤이란 걸 말한다. 생에 몸담고 있는 동안 수 없이 맞닥뜨릴 긴장도, 뾰족한 바늘 끝처럼 찔러대는 예민함도 이제 낯이 익다. 설익은 시간이 지나고 나면 치유될 것이라는, 고통도 끝날 것이라는 헤식은 위안을 던진다. 머리에 닿을 듯 말 듯 화두 같은 의문을 앞세우고 가파른 언덕을 내려온다. 새로 이사 온 동네만큼이나 문득 자신이 낯설고 그악스럽다.

*마로니에 전국여성백일장 수상작

# 데생긴 질그릇

가을 하늘이 눈부시다. 화단 옆 모퉁이 한쪽 귀가 야지러진 항아리가 다소곳하니 앉았다. 간밤에 내린 비로 말갛게 씻긴 얼굴에 햇살이 부서진다. 불룩한 옹기에 쏟아지는 눈부심에 이끌려 저만치 앞서가던 추억이 돌아서 말을 걸었다.

오래 전 식당을 운영할 때였다. 깍두기를 담그려고 커다란 함지박에 도마를 걸쳤다. 그 때 몸통 한가운데가 움푹 파인 썩어 들어간 무를 버리려다 눈이 동글해지니, 무지른 자리가 기묘한 상형문자 같았다. 그 날부터 감자, 양파를 찌고 끓이고 색을 들인 야채에 곰팡이와의 다툼이 시작되고 미생물의 번식은 집요했다. 한동안 퀼트에 재미를 붙이면서 자르고 남은 헝겊이 창작의 끄나풀을 톡톡 건드렸다. 언뜻 보기에도 엉뚱하고 우스꽝스런 실험에 작업실은 아수라장이 되었다. 이렇듯 출렁임은 우연에서 시작해 끊어질 듯 명맥을 이어갔다.

살면서 우리는 자기만의 그릇을 갖는다. 진흙을 이기고 물레에 돌려 가마에 굽기까지, 지난한 삶의 여정에서 빚어낸 그릇은 이렇다 할 모양도 없이 선반위에 뒹굴었다. 선망과 이상의 경계는 모호하다. 돌아보면 스스로 만들어 놓은 독에 빠져 허우적대고, 하리타분한 경계를 넘어 표식을 따라 가다 길을 잃곤 했다. 진정 자신이 무엇임을 증명하려고 안간힘으로 치대어도 더버기 같은 모양새는 실망만 안겨줄 뿐, 회의와 체념이 물컹한 옆구리를 잡아당겼다. 내 선택이 제자리걸음인지를 가늠할 수 있는 잣대도 없이, 삶은 쉽게 모습을 드러내지 않았다.

세월은 장년의 줄에 나를 세웠다. 큰 아들은 군대에, 작은 아들은 학교 근처에 자취방을 얻어 나갔다. 언니의 등살에 떠밀려 배우기 시작한 포크아트. 오랜 꿈의 실타래가 풀려 나오듯 아련한 동경을 안은 채 그림에 빠져들었다. 붓을 잡으면 지칠 줄 모르고 밤늦도록 그리기에 열중했다. 이왕 시작했으니 좀 더 욕심을 내보자해서 그 분야에서 성공한 사람을 수소문해 서울에 있는 화실을 찾아갔다. 새벽같이 준비해서 북적대는 출근 인파에 부대끼며 두 시간이 넘게 결렸지만, 이른 아침의 찬 공기는 선망의 점도를 더욱 부풀렸다.

시간이 지나며 안이한 틈새로 문제가 고였다. 매달 치르는 수강료, 물감, 반제 등의 부대비용과 불안정한 경제 여건이 언저리를 기웃거리고, 바람 빠진 풍선처럼 서서히 쭈그러들게 했다. 아무리 아끼고 허리를 졸라매도 날아드는 청구서는 우선 순위였고, 체력의 뒷받침 없이는 불가능하다는 묵시적 암시가 넘을 수 없는 벽을 들어올렸다. 결국 화실을 그만두고 이곳저곳 공방을 드나들며 그림에 대한 갈증을 채웠지만, 허탈감이 스멀스멀 들러붙었다. 나를 사로잡았던 열정은 선망과 이상을 거꾸로 들어 올려 나란히 거울 앞에 세웠고, 뒤집힌 갈고리에서 엇붙인 모양새로 흔들거렸다.

그즈음 취업이 되어 일본으로 간 큰 아들에 이어 작은 아들도 졸업을 앞두고 직장이 결정됐다. 일시에 찾아온 해방감, 창작의 욕구가 한꺼번에 터져 나왔다. 그러나 하늘로 치솟던 긍지는 그리 오래가지 못했다. 목과 어깨, 무릎에 이어 두통, 현기증 등 몸의 신경망을 파고드는 통증이 강도를 높여가며 전신으로 퍼졌다. 처음엔 목의 움직임이, 차츰 어깨 척추를 따라 지층 같은 거대한 결빙이 자리 잡았다. 조금만 고개를 돌리거나 팔을 움직이거나, 한 동작에서 다음 동작의 간격사이로 비명이 새어 나왔다. 그림도구로 불룩해진 가방과 꾸러미를 들기에도 버거울 만큼 몸이 둔해지고, 청소, 설거지, 빨래개기 등 일상의 소소한 움직임도 굼뜨게 느려졌다. 예민한 촉수를 뻗어 통증은 빨판처럼 달라붙고 굳어진 근육의 아우성으로 지분거렸다.

저미듯 끊어내는 통증은 예고된 불행이었다. 희미한 빛 사이로 화첩의 그림자가 떠다니고, 슬픔을 뱉어내지도 못한 나는 커튼을 내리고 어둠에 숨어들었다. 나의 하루는 희망과 절망사이에서, 계획과 체념사이에서 흔들거렸다. 책갈피 속에 잊힌 꽃잎처럼 삶의 변두리로 밀려난 내게 집요하게 파고드는 통증이 물었다. 슬쩍 덮어 놓고 지나친 무관심과 방종, 분노와 두려움, 가슴에 끌어안고 내려놓지 못한 집착이 무엇인지를.

받아들이면 끝나고 저항하면 되풀이된다는 말이, 뭉그적대며 비켜 앉던 허리디스크의 기억을 되살려냈다. 왜 하필 내게, 뒤통수를 얻어맞은 듯 불평과 넋두리를 쏟아냈던 길고 모지락스런 아픔이었다. 삼십분을 앉지 못하고 뭉기듯 누워야만 하고, 남편의 부축 없인 밖에 나갈 엄두도 못 내는, 허망하게 무너진 내 몸을 떠안고 가야만 했다. 일 년이 지나서야 겨우 혼자 걸을 수 있을 만큼 회복이 느렸던 나는 맵고 아린 고추를 물고, 진저리나게 짠 소금물에 삼년 동안 절여졌고 완쾌되기까지 이년을 더 기다려야 했다.

가슴에 뭉근히 가라앉은 삶의 무게를 헤아린다. 건조한 일상의 고뇌를 정면으로 마주친 적이 있을까 반문해 본다. 거울 속의 나는 희미한 윤곽을 드러내고, 끝없이 늘어만 가는 물음에 시틋한 표정으로 혼잣말을 중얼대곤 했다. 지금껏 이뤄낸 결실이 없으니 줄곧 무언가를 상실한 채 빈 두레박만 끌어올리며 산 게 아닐까.

기억은 고통을 채색하여 빛바랜 사진첩에 끼우고, 그것을 안았던 가슴에 새긴다. 어둠을 토해내고 여명을 주우러 갔던 이른 아침의 고요를 가슴은 아직도 잊지 않는다. 안개 속을 헤치듯 더듬

거리며 따라갔던 길, 그것은 어쩌면 잃어버린 나를 찾기 위한 과정이 아니었을까. 그림자를 흘리고 빛으로 이끈 데생긴 질그릇, 살 속에 뼈 속에 파고들어 녹아버린 기억들이 나를 안아 일으켰다.

*2018년 시흥신인문학상 수상작

당선 소감

어디에 손을 뻗을지 몰라 망설이고 주춤거렸다. 바다에 떠 있는 조각배처럼 혼자인 것에 설부른 안도와 불안의 돛을 올리고 떠도는 방랑길이었다. 오랜 시간 두 개의 돛을 매단 채 끝없이 펼쳐진 바다를 건너갔다. 암초에 걸려 배가 부서지기도 하고, 태풍에 휘말려 정신없이 떠밀려 간 때도 있었다. 이제 내 안에 깊이 잠들어 있는 기억들, 딱지 앉은 상처들이 자음과 모음이 되어 풀려나고 뿌리를 내리기 시작했다. 망설임과 혼돈의 시간을 지나 마침내 나에게 다가서는 시간이다.

저의 글을 뽑아주신 심사위원님께 깊이 감사드립니다. 또한 대야 평생학습관 글쓰기반 문우들의 열정과 환한 미소, 김창희 선생님의 따끔한 질책과 포옹에 감사드립니다. 언제나 든든한 버팀목인 남편과 두 아들, 며느리와 모쿠리에게도 사랑의 말 전합니다.

## 아버지의 일기

간밤에 잠을 설쳤다. 작업실 바닥에 누우니 노곤한 등줄기로 구들장 한기가 스며든다. 밖에서 들려오는 소음도 진동수를 줄여 느릿느릿 기어든다. 천장에 납작 엎드린 전등갓에 창으로 새어든 빛이 달라붙어 방 안에 있는 소품, 책장, 의자가 액자 속에 든 정물화 같다. 대자로 누운 내 몸도 그 안에서 움직임을 멈추었다.

살면서 나는 아버지를 가까이 하지 않았다. 어머니의 마음을 멍들게 한 여자문제가 등을 돌리게 했다. 어머니가 돌아가시고 한동안 아버지에 대한 미움과 원망은 그대로였다. 가정에 안주하고서도 객관적인 시선으로 보는 두 분의 삶은 이해하지 못할 면이 많았다. 어머니의 무감각한 눈빛과 꾹 다문 입술, 아버지의 자상함과 서릿발 같은 분노. 선의와 모멸감이 극명하게 드러난 선뜻 헤아리기 어려운 감정의 변화가 내겐 당혹스러웠다. 겨울의 문턱에서 듯 그 시절의 기억은 체념과 냉소사이에 보일 듯 말듯 고개를 내민 안개꽃 같았다.

아버지는 구남매의 맏이로 태어났다. 자식 일곱에, 아버지의 형제들까지 보살피느라 살림은 늘 궁색하기만 했다. 선조로부터 물려받은 땅을 몰래 팔아넘긴 부모의 어리석음에도 이를 탓하지 않고 웃돈주고 그 땅을 다시 사들였다. 더욱이 시골집마저 가로챈 친척의 부도덕으로 거리에 나앉게 된 부모님을 집으로 모셨다. 어릴 적 빚더미에 올라앉은 우리 집 형편은 말이 아니었다. 그래도 자식들이 내미는 공납금고지서를 제일 먼저 챙기고 책값이나 용돈을 미루는 법이 없었다. 자라는 아이들에게 꼭 필요하다며 우유를 먹게 해서, 추운 겨울 대문 앞에 배달된 우유병이 얼어터지곤 했다. 회사원이었던 아버지의 양복바지는 오래 입어 반들거리고, 검정색 구두는 뒤축이 닳으면 굽만 갈아 신고 다녔다.

어머니는 공장에서 버리는 자투리 실을 얻어와 스웨터, 장갑, 조끼 등을 짰다. 장을 볼 때는 시장을 몇 바퀴 돌거나, 버스로 두 정거장되는 거리를 걸어가는 일도 종종 있었다. 파장시간이 가까우면 떨이로 팔거나 버려지는 채소를 보자기에 주워 담았다. 가끔 아현동 고개를 넘어 시장가는 일에 나를 데려 가곤 했다. 무거운 보따리를 들고 고개 마루에서 내려다보는 동네는 무채색 풍경화였다. 다닥다닥 성냥갑처럼 쌓아올린 지붕 너머로 아스라이 한강이 흘렀다. 저녁노을에 물드는 감청색 하늘과 구름사이로 옴지락대듯 가난과 설움이 처마 밑을 지나갔다.

이따금 잘못이나 사소한 다툼으로 우리는 연대 기합을 받곤 했다. 일렬로 무릎을 꿇어앉히고 훈계를 시작하면 한 두 시간이 훌쩍, 한때 시골 학교 교사였던 아버지의 입에선 박제된 경구가 쉼 없이 흘러나왔다. 맹자 왈 공자 왈. 다리가 저려오기 시작하면 어금니를 물고 공상에 잠겼다. 알맞은 공깃돌을 주우려면 어디로 가야 하지? 종이 인형에 무슨 옷을 입힐까. 훈계가 끝나고 일어설 땐 저마다 옆으로 픽 쓰러졌다. 펴지지 않는 종아리를 주무르고 발가락에 연신 침을 발라댔다.

아이들이 골목에 나와 놀 시간이면 어김없이 뽑기 장수가 나타났다. 꿍쳐 둔 동전을 손에 쥐고 화덕에 올라앉은 국자 앞에 옹기종기 모였다. 어느 날, 뽑기에 열중한 나머지 아버지가 저만치 걸어오는 것도 눈치 채지 못했다. 불량 식품 사먹는 걸 엄하게 금했던 아버지 앞에 우리는 주르르 불려갔다. 그 날 따라 아버진 몹시 화를 내고 매까지 들었다. 너도 나도 잽싸게 줄행랑을 쳤지만 난 도망갈 수 없었다. 엄마와 큰 언니가 매를 다 맞고 나올 때까지 비좁은 뒷마당에 쭈그리고 앉아 있었다. 아카시아 나뭇잎 사이로 점점이 박힌 하늘을 올려다보며 무릎을 끌어안고 울음을 삼켰다.

방학이 되면 학교 갈 때보다 더 일찍 일어났다. 새벽 네시 반. 툇마루에 걸린 놋쇠종이 울리면 반쯤 눈을 감고 주섬주섬 옷을 챙겨 입었다. 대문을 나서면 까만 하늘에 별이 반짝이고 바람 부는 거리는 텅 비어 있었다. 구시렁대는 자식들을 앞세우고 아버지는 성큼성큼 걸음을 옮겼다. 산 입구에 들어서면 어김없이 "가훈 제창!"

구령이 떨어졌다. 한 사람씩 외우게 하고 잘못 외면 꾸중을 들었다.

산중턱에 이르면 약수터에서 이가 시리도록 차가운 약수를 마셨다. 스쳐가는 바람은 우리들 뺨에 발간 자국을 남기고 산마루를 돌아, 알 수 없는 화음으로 내 마음을 오선지로 물들였다. 밤새 숲을 지킨 요정이 졸음에 겨운 듯 발밑에서 바스락대고, 새들은 쿵쿵대는 심장의 리듬에 맞춰 재잘거렸다.

산 정상에 오르면 청회색 능선너머로 해가 얼굴을 내밀었다. 태양이 떠오르기 시작하면 숲 가장자리서부터 신비로운 태동이 올라와 나무는 하늘 높이 두 팔을 치켜들고 바위는 기지개를 켰다. 야~호~. 목청껏 뽑아낸 소리가 산울림으로 되돌아왔다. 가슴을 한껏 부풀려 심호흡을 하면 숲은 맑고 투명한 공기층을 더 넓혀, 작은 가슴을 수 천 개의 빛과 비밀스런 향기로 가득 채웠다. 무중력이 들어 올린 우주인처럼 둥둥 떠다니며 나는 호주머니 속에 들어간 장갑을 만지작거렸다.

인생은 모종의 인과법칙에 의해 흘러간다. 지구가 빠른 속도로 돌고 있는 걸 느끼지 못하는 것처럼, 한정된 범위 속에 갇힌 통념은 그 이면에 가려진 진실을 뒤늦게야 알아차린다. 시련은 예고 없이 생의 한가운데로 뛰어들었다. 급류에 휘말려 떠내려가다 강어귀에 다다랐을 때는 이미 예정된 물줄기에서 벗어나 있었다. 스스로 생을 마감한 큰언니, 남편의 실직, 다시 일어선 나를 뭉개듯 주저앉힌 허리디스크, 쫓기듯 떠밀려 간 이사, 동정과 연민으로 다가오는 주위의 시선이 잠시 시름을 덮어줄 뿐, 촛농처럼 일그러진 절망이 진드근하게 들러붙고, 혼란과 고통에 에워싸인 슬픔이 문드러지듯 어깨에 내려앉았다.

태풍이 휩쓸고 지나가면 마른 잎 떨구듯 우수가 발아래 뒹굴었다. 그때 나를 끌어내린 닻은 망가진 몸도 불어난 빚도 아닌, 사선으로 내리꽂힌 시선, 다시 말해 내면의 이중성과 모순이 내게 있음을 보는 것이었다. 꽉 채운 변설 속의 허위, 과녁을 비껴간 탐미, 성마른 몰이해, 얻음에 잇따르는 갈증…애바른 시선을 등에 꽂은 채 형체를 가늠할 수 없는 행복을 나는 찾고 있었다. 웅덩이에 비치듯 내 삶의 비애는 선명하고 또렷했다. 지성의 이중성과 모순, 그것은 그토록 외면하고 싶었던 아버지의 환영이었다. 아버지 또한 강인함 뒤에 드러나지 않은 나약함과 화산 같은 분노 뒤에 처절한 자기비애, 편협하고 독선적인 이면에 무언의 자기성찰이 있었음을, 바위처럼 내리친 고난이 말하고 있었다.

아버지가 일기를 쓴다는 걸 안 건 얼마 전의 일이다. 지난 칠월 중순 어머니 제삿날, 망자의 혼이 음식을 드는 동안 방으로 들어갔다. 제사를 지내기엔 좀 이른 시간 아니냐고 묻자 아버진 컴퓨터 화면을 열었다. 칠십 중반에 컴퓨터를 배우고, 구순을 넘긴 지금도 컴퓨터 앞에 앉으면 종아리가 퉁퉁 붓도록 일어날 줄 모른다며 종종 새엄마의 잔소리를 듣는다.

"해 뜨는 시간 05시 37분, 해지는 시간 19시 57분. 해가 졌으니 이르지 않아."

점심에 막내아들과 장어구이 먹은 내용이 고어체 한자로 촘촘했다.

"어머나, 일기를 컴퓨터로 쓰시네요."

"이젠 머리가 흐릿해서 자꾸 잊어버려."

자판을 두드리고 머리를 써야 뇌세포가 는다고 하자, 어느 틈에 책장을 뒤적이더니 파일박스 두 권을 내보였다. "여기 다 저장해놨어."

아릿한 공명(共鳴)이 가슴에 달려들었다. 언젠가 저 파일을 열어 보는 내 모습이 오버랩 되어 눈앞이 흐려졌다.

어둠 저편에 일렁이는 물결이 기억의 한 모퉁이를 지난다. 먼 옛날 동이 트기 전, 산중턱에서 약수를 마시고 철봉에 매달려 토해내던 하얀 입김, 산비탈을 오르내리던 기운 찬 발걸음. 드넓은 야외 음악당 무대에 우리를 세우고 갈채를 보내던 환한 미소, 왁자지껄한 우리들의 합성, 아버지의 우렁찬 노랫소리. "진달래가 탄다, 진달래가 타요, 산에 산에 불꽃처럼 진달래가 타요. 어떤 사람 팔자 좋아 사장님이 되었당가~"

길게 꼬리를 무는 추억이 생각의 원반을 돌려놓는다. 이제 백발이 성성하고 등이 굽은 아버지의 모습은 예전의 위풍당당함도, 내치듯 호령하는 기세도 사라졌다. 구부정하니 기운 등은 마치 자만에서 관용으로, 의혹에서 믿음으로 허물을 벗은 수도승처럼 고요하다. 전쟁의 폐허 속에서 희망의 불씨를 당겼던, 살기 위해 발버둥치고 기억에서 지워진 상처, 탐욕과 이기로 얼룩진 세월의 흔적이다. 날큰대듯 가라앉은 추억의 거리에 바람이 스친다.

*전국 성호신인문학상수상작

수상소감

물안개 자욱한 수면 위로 솟구치는 새의 날갯짓처럼, 고독과 열병으로 지새운 강가에서 아침을 맞는다. 단조로운 선을 긋고 휘어진 길은 만에 마음의 눈이 열리기를 기다린다. 잔잔한 호수와 숲의 가장자리에서 물가로 뻗은 뿌리는 작은 희망이다. 아직은 올라야 할 산이 있고, 아직 가야할 길이 있어 행복하다. 언젠가 가보리라던 곳, 지금 그 곳을 향해 간다.
부족한 제 글을 뽑아주신 심사위원님께 깊이 감사드립니다. 또한 대야 평생 에세이반 문우들과 선생님께 진심을 담아 감사드립니다. 언제나 말없이 응원해주는 남편과 두 아들, 며느리 아유, 손녀 모쿠리에게 사랑을 전합니다.

늘 발을 딛고 서 있는 곳보다 멀리 보이는 풍경을 동경했다. 행복은 저 풍경 속 어디쯤에 있을 거라고 짐작했다. 모든 것을 잃고, 몸마저 병을 얻어 쓰러지고 나서야 알았다. 너무 가까워서 알아보지 못했을 뿐 행복은 언제나 곁에 있었다. 웅크리고 구석에 있는 나를 밖으로 끌어냈다. 그 환한 빛으로 이끌어낸 게 글이었다. 글을 쓰면서 만나는 세상은 보고 듣는 것이 전부가 아닌, 세상의 내면을 보고 그림자를 읽게 했다. 또한 만남을 통해 책에서보다 더 많은 걸 배웠다. 한 사람을 만나는 건 그의 인생을 만나는 것이다. 말에는 체온이 있고 마음이 담긴다. 때로 말 한마디에  인생이 바뀔 수 있고, 차 한 잔이나 밥 한 끼에도 삶의 무게가 실리니 어찌 가볍다 할 수 있을까. 오랫동안 가슴에 안고 있던 슬픔이, 아픔이, 두려움이 조금씩 무너져 내렸다. 그리고 그 빈자리에 행복이 서서히 차올랐다.

이제 내가 무엇을 할 때 기쁜지, 내 가슴이 뛰는지를 안다. 높이 떠있는 행복을 잡으려고 사다리를 찾으러 가기보다, 손을 뻗으면 바로 잡을 수 있는 작은 행복을 훽 낚아채는 일이다. 그리고 잽싸게 호주머니에 넣는다. 그 행복이 세상에 나왔을 때, 일 그램의 행복이 일 톤이 되어 풀려나오는 그건 마술도 아니고 기적도 아니었다. 행복은 내 안에서 발견되기만을 기다리고 있다는 걸 뒤늦게 알아차렸다. 누군가 내 글을 읽고 돌아서서 씩 웃을 수 있다면 그것으로 족하다. 내가 좋아하는 말이 있다.

누구나 자신의 행복을 만드는 대장장이다.

하지만 모든 대장장이가 행복한 것은 아니다.

「 발 문 」

# 글을 맛있게 버무릴 줄 알며, 공감과 소통을 꿈꾸는 수필작가

김창희(수필가)

길을 걷다 우연히 들은 대화 한 마디, 버스에서 마주친 사람의 표정, 그리고 가족이나 친구와의 작은 대화 속에서도 우리의 삶과 연결된 깊은 통찰을 발견할 수 있다. 이런 주변의 이야기들은 우리 자신을 돌아보게 하고, 더 나아가 삶의 의미를 다시금 묻는 기회가 되곤 한다. 자신만의 길을 찾아내려 수없이 방황하고 고민하고 그 끝에 닿는다. 과정을 보면 일탈의 연속선상에 있다고 하겠지만 돌고 돌아 다시금 자기가 앉아야 할 곳에 멈춘다.

'천칠백오십그램'이었던 첫 손녀, 모쿠리의 건강하게 자라는 모습을 보며, 행복에 묻혀 살아가는 이장숙 작가. 그녀를 알고 지낸지 여러 해가 지나고 있지만 변함이 없이 묵직하다. 꾸준한 자기만의 영역을 구축하고 하나의 장르를 만들어 내고 있는 성장하는 작가다. 겹겹이 싸고 있던 크고 작은 이야기들을 단단한 언어로 특별하게 표현해 내는 것은 그녀가 가지고 있는 큰 장점이 아닐 수 없다. 가끔은 지극히 일상적인, 그러다 어느 순간 특별한 일상 너머의 사유가 표현되는 그녀의 글에서 읽는 맛을 느낄 수 있다.

'한 장의 흑백사진'에서 그녀는 목을 길게 빼고 조바심 내도 현실은 늘 깨지기 쉽고 잡다한 모순을 안고 우연을 가장한다는 표현이 그렇다. 그녀의 글은 늘 변화하는 과정에 있다. 가령 디카시 도전이 그렇다. 수필을 쓰는 것에 머물지 않고 새로운 장르로의 돋움은 그녀의 가치를 더욱 끌어올린다고 할 수 있다. 디카시 '운수좋은 날' 중 먼지 낀 창틀에 구멍 난 인생일지라도 "중략" 그렇게 견디며 사는 거야.라는 표현은 담담한 가운데 울림을 주고 있으며 '너는 나의 기쁨'에서 먹먹하고 길이 보이지 않을 때 마음 창을 열면 "중략" 너의 얼굴이 보여라는 표현 또한 그렇다. 작가는 문장과 단어를 수집하는 데 그 시작점이 있다고 한다. 이장숙 작가는 그녀만의 단어 구사능력이 뛰어나다. 그래서 그녀의 책은 읽는 독자로 하여금 노트를 준비하고 적바림 할 수 있게 하는 작가이기도 하다.

작가는 오롯이 작품으로 모습을 드러내는 존재이다. 일상을 사유하고 잘 버무려 꽃 피워내는 일, 그 작품 속에는 희로애락이 깃들고 작품을 통해 공감하고 성장한다. 작가의 글 중 천칠백오십그램' 중 손녀를 향한, 자신을 향한, 세상을 향한 그녀의 글을 함께 음미해본다.

모쿠리의 시간은 더디다. 태어난 지 십사 개월, 막 서기 시작했다 머지않아 한발 떼고 나면 두 발, 세 발. 기우뚱 넘어지고 비틀거리면서 멈추지 않을 발거음이다. 모쿠리가 혼잔 숨 쉬는 법을 배우는 동안, 나는 혼자 앉는 법을 배웠다. 감당하기 어려운 감정과 두려움으로부터 도망치지 않고 정면으로 마주 보는 법을 익혔다. 어린 생명이 심장에 펌프질을 하고 새로운 혈관을 만드는 동안, 이 모든 고통이 생사의 경계를 넘어선 곳에 이르기를, 진정 살아가는 목적이 무엇인지를 묻는 자성의 시간이었다.

슬픔은 서둘러 오고 행복은 더디 온다. 오늘 내게 온 슬픔을 밀쳐내지 않고 끌어안으면 그 눈물이 기쁨으로 바뀐다는 걸 나는 알고 있다. 천칠백오십 그램으로 시작된, 눈물로 얼룩진 슬픔을 지나 별처럼 쏟아지는 기쁨의 날이 온다는 걸.

이장숙 작가의 첫 산문집 『천칠백오십 그램의 행복』의 출간을 진심을 다해 축하한다. 정진하여 글의 씨가 더욱더 여물기를. 작가의 글에서처럼 별처럼 쏟아지는 기쁨의 날이 계속되기를 바란다.